当代作家

草木深处，花香流年

刘春燕 著

陕西新华出版传媒集团
太白文艺出版社·西安

图书在版编目（CIP）数据

草木深处，花香流年 / 刘春燕著. -- 西安：太白文艺出版社，2022.1
ISBN 978-7-5513-2064-1

Ⅰ.①草… Ⅱ.①刘… Ⅲ.①散文集－中国－当代 Ⅳ.①I267

中国版本图书馆CIP数据核字(2022)第016784号

草木深处，花香流年
CAOMU SHENCHU,HUAXIANG LIUNIAN

作　　者	刘春燕
责任编辑	史　婷
封面设计	陈　姝
出版发行	陕西新华出版传媒集团 太白文艺出版社
经　　销	新华书店
印　　刷	涿州军迪印刷有限公司
开　　本	710mm×1000mm　1/16
字　　数	200千字
印　　张	15
版　　次	2022年1月第1版
印　　次	2022年1月第1次印刷
书　　号	ISBN 978-7-5513-2064-1
定　　价	69.80元

版权所有　翻印必究
如有印装质量问题，可寄出版社印制部调换
联系电话：029-81206800
出版社地址：西安市曲江新区登高路1388号（邮编：710061）
营销中心电话：029-87277748

目　录

第一辑　拂堤杨柳醉春烟

三木两草　003
紫槐，紫槐　006
感悟翠竹　009
那年，我来到桂花前　012
红云片片，因爱而来　014
桐花，亦梦亦幻　016
乡村，香椿　019
微风来，槐花香　021
开在树上的"白荷"　023
幽幽玉兰情，颗颗淡雅心　026
拂堤杨柳醉春烟　030
念起银杏　032
梅花清寒香未了　034
回眸处，一枝深情品榆梅　036

粉樱染就四月天　038
十里桃林一世情　041
梨白又逢清明时　043
春景无限，只因善意常在　045
一路幽香扑枣花　048

第二辑　繁缕铺地一径深

　　爱意浓浓的红薯　053
　　春日里叙白蔓　056
　　葱也开花　058
　　蘩，从《诗经》里走来　060
　　谁谓荼苦，其甘如荠　063
　　菊芋，姜　065
　　片片藿香情意浓　067
　　女郎花，巧目盼兮　070
　　一路红，揉成醉意点点　072
　　繁缕铺地一径深　074
　　鱼腥草　076
　　诸葛菜　078
　　紫花苜蓿　080
　　韭花为媒　082
　　珠玉圆润，五味齐来　085

第三辑　更饶深浅四般红

　　花语，心语　089
　　墙根，有花　093
　　一抹浅紫，相约窗　095
　　山中读菊　097
　　花开正月润新春　101
　　茉莉独立幽更佳　107
　　格桑花，只为触摸你的指尖　110
　　请勿忘我　113
　　百日菊，持续的爱　115

更饶深浅四般红　117
燃烧花烛，与浪漫邂逅　120
文雅之竹　122
佛前一朵莲　124
虞美人　126
仙客来，六姑娘下界　129
含芳独暮春　132
馨香满树自妖娆　135
万绿丛中秀靥留　138
幸运花　141
守得一墙花开　144

第四辑　岁月从不败美人

雨夜百合，绽放静好　149
玉簪香好在，墙角几枝开　151
凌霄花　153
七里香藤　156
双色鸳鸯美人蕉　159
海棠，相思四季　161
偶遇天竺葵　163
长春花，绽放不一样的青春　165
凌波仙子笑相依　167
花开九月　169
深谷幽兰，注定邂逅　171
旱金莲　174
岁月从不败美人　176
鲁冰花　178

紫露凝香　181

一株君子兰　183

杜鹃花　185

第五辑　身外乾坤无俗尘

遇见，蒹葭苍苍　189

草，亦有纽扣　192

一种草，与菩提有缘　195

姑娘，灯笼红六月　197

纺车草　200

马莲谣　202

身外乾坤无俗尘　206

草，羞答答地开花　208

诗意，荡漾在枝头　210

蛇莓　212

马将军与车前草　214

与苍耳相关的疼痛时光　216

牛筋草　218

有一种草，黏人　220

猫眼草　222

带着歌声的草　224

草木，亦是一场花事　226

艾草香　228

草木深处，花香流年　231

第一辑　拂堤杨柳醉春烟

　　人啊，走着走着就散了，遇见的，都是红尘里的安排。能看的就仔细看看，能拥有的就敞开怀抱接受；用心度过一分是一分，含情走过一天是一天。不留缺憾，便是人生莫大的慰藉。

三木两草

金属有质感，而草木有灵性。

雪小禅老师说：人到中年，我宁愿和高山、湖泊、树木说话，宁愿和花花草草说话，也懒得和人说话——沾着人，便沾了是是非非。

我还未进入中年。奇怪的是，不知何时，却也开始恋上了花花草草。春风吹开花儿朵朵，是迎春花、桃花，温柔了"一年之计在于春"的岁月。夏之仙女下凡，寻找遗落在尘世间的莲子，我一袭棉麻长裙，足下踩着软草，徐徐飘过荷塘前的木板桥、亭子，登上一叶小舟，与荷、水对视而语。金色盎然的秋，深情厚重，层林尽染、漫江碧透、鱼翔浅底的闲适潮涌而来，朦胧间，有一抹深意渐次扑向我。茜梅姐说，寒风中舞动的漫天飞雪，只为飘到人间看梅一眼。是啊，梅雪深情，朔雪纷飞，雪梅相恋，梅输雪三分白，雪输梅一段香，仍不失清幽与安宁！

四季流年里，草木不死，只是一岁一枯荣，更显岁月静好！

是日，我行走在小城廊桥上，偶遇他。互相问候几句，便各自离开。下午，他在微信上极力夸赞我，毛衣裙上挂的链子挺漂亮，有画龙点睛的意味。我隔空，面露喜色。

我告诉他这款吊坠名为"木莲"。一黑一白，太极造型，材质上属于金属邂逅黑檀。

他听罢，说，纯木质的就更好了。

他说中了我的心事。多年前，我就希望拥有一挂木质项链，遗憾的是，终未能实现。

于是,他说特制一挂给我,了却我心中夙愿。我欣喜万分。

恰逢我接到通知,需要去市区参加年会,打算穿苗绣羽绒服内配墨绿毛衣裙,一直在想:若能有一挂木质项链绕于脖颈,那该有多好啊!

想着,想着,我不禁哑然失笑。

奇怪,所想、所期,也有成真之时。

崖柏与生俱来的低调和忍耐,包含不与人言的绮丽隽美,仿佛在静静等待时间的流逝。戴上崖柏木项链的那一刻,我心里除了温暖,还有激动。项链油分充足的模样和惹人喜爱的纹理,怎能不叫人喜出望外?我手摸着崖柏材质的水滴吊坠,鼻子凑近嗅着像是刚从山里飘来的浓郁柏木香味,闭目驰骋想象:我身处柏树林,正呼吸着清新空气,继而耳听鸟鸣,还有淙淙溪流淌过大小不一的石头时发出的润心旋律……各种声音,一点点地将我陶醉,迷醉我的神经,直至整个人沦陷。

据说,崖柏越盘越光亮,越光亮说明油分越丰足……我不懂那么多,便回屋,顺手取来一方含丝量不高的帕子,裹住吊坠,信手把玩起来。有人给我科普:崖柏坠子先用丝帕盘上个把月,再换棉布,最后拿净手盘。

眼前的坠子泛着油光,使造型显得异常饱满。看着来自天地间、大自然的原木,仿佛打捞起光阴里积淀下来的沉甸甸的日子,我愈发欣喜。

往日,我喜欢徜徉在花草间,心忽地清宁许多,远离纷扰,将"烦躁不安"四字丢弃,单留与花花草草相处的时间。

自然生成的模样,简单、富有生机,浓淡相宜,芬芳沁人心脾,将自己包裹其中,身心得到休憩,灵魂得到暂时的安放,多好!

花开陌上,顺手折一朵,别在发间,或走,或跑,不失为一种洒脱,扔掉束缚身心的枷锁,和最初的自己来一次相遇,甚好!

浅草没足时,放慢脚步,仰脸,面朝阳光,张开双臂,拥抱无忧无虑的时光。暖暖的阳光味道，淡淡的泥土芬芳，绿叶在风中摇曳的声音汹涌而来。刹那间，我恍若仙子，忘却尘世间许多烦忧与懊恼。

三木两草，散淡地生长在天地间。却与我同呼吸，让我格外亲切，仿若我的亲朋好友——不复杂、不虚无、不谄媚，活出自我的模样、自我的精彩，将这个世界装扮得生机勃勃、五彩缤纷。

自从有了崖柏项链后，我的心变得愈加贪婪，开始关注起鸡血藤镯子、红檀及黑檀挂件、鸡翅木笔架来。

一日，去了敏姐家，发现她家的木地板似有森林的味道。垂头细察，一块块木地板上的原木花纹清晰可见，一块块木板拼接起来，严丝合缝。它们占满我的双眸，我立刻脱了鞋光着两只脚走上去，像是行走于森林中，各种场景一股脑儿地灌入脑海：阳光微醺、鸟语花香、泉水淙淙、风起云走、嫩芽舒展、纤草拔节……万物竞相生长，却又和谐共存。

走着，走着，花儿就开了，此种美，不在别人书中，而在自己眼中。面对如此幸运的时刻，嘴角情不自禁地翘起，划出一个美丽的弧线，妙不可言！

人到中年，更喜草木。或许，人在叶落归根后，也会成为护花使者，幻化成三木两草，吸收日月精华，淡看雨天晴日，笑看云卷云舒，静看花开花落。

我也不例外，要不了几年，也会"隆重"奔入中年。这会儿喜欢上三木两草，不算早吧？

紫槐，紫槐

周末，与好友相约去马场。

马场距离小城近十公里，地处一个小山村。

路上，透过中巴车窗，偶见紫槐，惊喜万分。

紫槐，这个名字听起来就充满诗意。紫色的槐花，浪漫、温馨，比普罗旺斯的薰衣草更柔软，更低调，更易亲近。

虚怀若谷的紫槐，不会为增加人气昂头，抑或站在枝头摇晃，以求得到人们的关注。它，选择默默注视脚下的土地。舒婷说："不仅爱你伟岸的身躯，也爱你坚持的位置，足下的土地。"我亦是如此爱你——紫槐花。

按理，五月，槐花盛开。然而今年，前一阵子骤然降温，农作物经受不住突如其来的寒冷侵袭，大部分受损严重。紫槐亦被影响，目前看到的叶子，都是二次发芽而得。

比榆钱大的叶儿，对生，分布在茎两侧，又依附于一枝细秆，层层相依，密布。晨阳微强，但也不易透过叶缝。

车行至马场村外一里地，急弯，两绕，弯道外有几树紫槐，抢眼。我惊，我喜，我狂，我疾呼：紫槐，紫槐！

紫槐，宛若风铃，穿过千万里，从南到北，婉约中带着几分粗犷。风摇曳而过，奏出多情的曲儿，生长在"邻居"的心里，我的梦里。

紫色，微醺，凝结岁月里的美好。

从前，听说紫色是贵气、高雅、好运的代表。曾买回一对耳坠，淡紫色，极像紫槐花，却不及它温婉、内敛。

　　仰视，紫槐花一朵挨着一朵，不忍分离一般。一串一串，悬挂在淡绿色的叶片下，半遮半掩，犹如紫葡萄。

　　车窗打不开，有点小遗憾。几分钟后，我在路旁小林里又见到紫槐，急忙凑近想细察。可树太高，看得不真切，真想找根带钩的竹竿，钩下几串紫槐花。冲动，总是产生在一瞬间，几秒后，又否定冲动。

　　到达目的地，下车，山里空气格外清新，大有远离尘嚣，抛却红尘三千烦恼丝之感。才行了几步，便看见村里唯一的水泥路两侧各种树木、灌木、藤草杂糅，各色的野花自由散落，点缀着山路，俨然一张最自然的山村美景图。徜徉其中，可忘却尘世间许多不愉快，做一回自己。

　　深绿、翠绿、浅绿、金黄、淡粉、大红，在晨露浸润下，愈发精神抖擞，愈发空灵。此刻，我的双腿有些不听使唤，完全被这里的美景浸软。

　　在村口的小径旁，远远就闻见一股淡淡的花香，它盘绕我的鼻翼，牵引我闻香而去。又见紫槐。树，不粗，花，却茂密，弥补了我心中的缺憾。

　　树下，只有我，独享时光中的静谧。静看花开，轻嗅花香，很有诗意。因够不着，而心心念念地盼着花能坠落。真巧，一阵风过后，一串花摇摇晃晃，此起彼伏，旋转，飘落。我的白鞋尖上，立刻升起一抹雅紫，白色，与这紫槐花有缘，两色和谐、温婉、可心，像是有许多故事，从远古缓缓走来，经时光过滤，留下一种最高雅、最享受的图景。

　　你相信缘分吗？我信。

　　我脚上的白鞋，今早才穿上，因了身着一件白色袍子。不曾想到，一来马场，便与落花邂逅。紫槐花的紫，与素雅的白相遇，莫非是等了多年的情缘？

　　我弯腰，捡起落花，细察、慢闻，真有淡香，很舒怡。合在一起的花，半圆，像是母亲做的韭菜盒子，又如幼时戴的不分指头的棉手套。轮廓不是很光滑，略有凹凸感，但整条流线依旧很美，或看，或摸，皆很舒服。

紫色，是梦幻的颜色。紫色的梦，不浓酽，不寡淡，宛若处子之梦、幻想之梦，曾令多少痴人憧憬、渴盼。然，紫，融于一朵花，更有韵味。

绽放的花朵，更是喜人：如蝶，翩翩飞；如耳，听千里。山中，有蝶，则美；有耳，则明。

一串串，摇晃着，像小时候的摇篮，像吊在席棚上的风铃……

风，飘过轻吟，花，有开有落，一起私语。这么美的意境，怎可少了古曲？二胡，古筝，古琴？还是选古筝吧，用它奏出来的曲子与眼前的情景很搭。

手机里的古筝曲，同风、花、小溪和鸣。高山流水遇知音，大抵就是如此吧。

思绪在悠扬的合奏曲中飘远，飘远……

高昂头颅者，孤独常伴。然而，紫槐很接地气，很感恩，不忘根本。

紫槐，浑身是宝，土壤肥瘠无妨，在流年里守候那一份静谧与柔美，那一份贵气与生机，那一份执着与安静！

感悟翠竹

幼时，我记得说小鸡的脚印忒像竹叶，这是一种美的比喻，竹是一种骨感美的象征。

所有具有真正意义的"骨头"，都被赋予了一些强劲，赋予了一些栉风沐雨的魄力，赋予了顶天立地的刚性美。翠竹，你宁折不屈的精神，你在狂风暴雨中依旧挺立的姿态，令我深深敬佩，深情仰望。在你的人生字典里，根本就没有"弱不禁风"这四个字，像是愿意把一切都扛住。你从来都不知道什么叫惧怕，这种大无畏的精神，激励了多少仁人志士，让他们为正义勇往直前。

"物竞天择，适者生存"的道理，世人皆知。可是，我们多数时候见到的是那种像狗尾巴草的人，探头探脑地站在墙头，左右摇晃，失去了自己应坚持的信念，更无原则可言。

缕缕清风，你撩起如发梢的瘦叶，同风儿合舞，身躯依旧挺立，笑傲风雨。竹林间，空气格外湿润、清新，似乎欲将飘浮在空里的尘埃浸润，使其不再悬浮，将这满怀的正义和真诚予以彰显。这是一种难得的精神净化剂，强大的荡涤能力，怎能让污浊之气存活于世？竹，拥有一种正义的力量，压制了那些邪气。

竹林，这么清幽的地方，让我想起杜甫的《茅屋为秋风所破歌》里描述的，南村群童抱着从老人家茅屋上飘下来的枯草奔跑的场景：一边回头看着少陵老叟倚杖叹息，一边疾步奔向竹林。是啊，就连孩童都知道，竹林很幽美，是捉迷藏的最佳去处。大致可以想象一下，翠绿的竹子，暗黄的茅草，那是一种浓与淡的较量，那是一种爱与弃的较量，那是一种荣与枯的较量……

翠竹虚心有节，君子朴实无华——这是一种夙愿，一种雅致，一种境界；走了一段路程，看了一段风月，悟出一种道理，懂得生命就应像这竹子，将日月精华融于体内，成为一种流动的气韵，一种内涵，一种修养。

人的生命之星，一旦陨落了，就什么也没有了。然而，翠竹身上四季常有的果敢，使得那些在生死面前退却的人，顿悟许多，像是有了更大的气力，愿意重新站起，将自己的余热，全部投入演绎生命这一件事情中。

朝阳东升，夕阳西落，这是自然规律。红彤彤的半边天，染红了眼眸，染红了江河，可是，也就是短暂的绚烂而已。而这翠竹，静守流年，将一腔真诚化作终年的坚持。

直插云霄的翠竹啊，你虚怀于内，正直于形。假如你要做抒怀的笔杆，那也会一本正经地写出大大的"人"字。只因为你是豪迈的竹、顽强的竹。

寒风袭来，你生发缕缕清风在竹丛间飘荡，不久又化作一片葳蕤的翠绿。多少个寒来暑往，多少个风晨雨夕，你经受了风雨、雪雹的考验，却更加坚毅了。你腰板直了，枝叶密了，绿色浓了，性格愈加爽朗了。

尤其是在寒冬，你面对凛冽寒风，却从不改变自己的站姿。身姿笔直，傲视风雪的模样，愈加彰显了你的伟岸；清瘦的面庞，喜迎八方来宾，更让人感受到你宽广的胸怀；终年翠绿，更使人们坚定了一种信念，一种果敢，一种执着。

素来不喜欢浓郁香气的我，唯爱将鼻翼留恋在幽幽清香里。那种淡淡的、若有若无的香气，随着清风徐来的步履，才会有一种缥缈的香，飘逸的动感美；在风儿停歇的间隙，却让我调动了刚才贮存香气的细胞，追忆、寻觅那阵阵清香。这种感觉，像是自己已幻化成仙女，以竹为伴，以香为美，淡然静安。

……

已近不惑之年的我，对你——翠竹的喜爱，有增无减。

岁月匆匆，红颜渐衰。随着阅历的丰富，心理渐见成熟，沉淀了我的淡雅。我愈发喜欢你，更加崇拜你——翠竹，顶天立地的气质，虚怀若谷的胸襟。

我愿意静静紧偎在你的怀抱，感受你的风骨意蕴，聆听你的无言教诲；我愿意与你携手成长，与你一起笑迎风霜，笑看流年……

那年，我来到桂花前

生长在北方小城的我，只见过北方一些寻常的树木：碧绿的柔柳，金黄的银杏，霜叶红于二月花的丹枫……却未曾真正嗅闻心仪的桂花。

那天，我正在散步，一股淡淡的清香突然钻入鼻腔，让我猛然觉得神清气爽，不禁贪婪地深吸了一口弥漫着清香的空气。

闭目，那一刻，静心，将所有的不愉快抛至脑后，甚或九霄云外，代替它的是阵阵花香。

几分钟后，我才睁眼去追本溯源。一边慢走，享受着渐渐浓郁的香气，一边寻觅它的影子。直到在我南边十几米的地方，发现一株并不高大的树，叶子幽绿，泛着碧光，前端略呈锥尖状，叶脉深陷，双翼欲飞般——那是桂花树！

我伫立在树前许久，觉得这花开得那么典雅，那么柔和。宛若一位羞赧颔首的少女，那发自体内的香气，很是单纯、清幽，让我心旌摇荡，那一刻，我觉得世间唯有桂花最香。

金桂，黄灿灿，又不失雅致，剔除了许多浮躁。虽团簇相拥，却不张扬。金蕊与精致女子或温柔女子相伴，更有"最是那一低头的温柔，像一朵水莲花不胜凉风的娇羞"的韵味。

……

亲尝桂花糕后，我自感唇齿留香，回味悠长。桂花带着芬芳，成为细腻、柔软、润口的美味，更使人享受。或许是我有福分，才能与桂花有约。可遇不可求，符合我的随缘主张。既然这般，倒不如趁此细嗅桂花香，慢品手中美味的桂花糕。

我缓缓地将桂花糕放入口中，酥软，入口即化，让我零距离地领略了桂花的极致美。不说桂花是否风尘仆仆地来，但知你将终生倾心奉献，从视觉、嗅觉等器官的感受来看，你已经很伟大了。

桂花的花期在秋季，将那些逐渐老去的色彩淡化，重新点燃秋梦；簇拥的花朵，装扮着有些萧瑟的季节，让世人换上一种心境；清新弥漫，沁人心脾，给疲惫的行人些许安慰。

故，从视觉、嗅觉到味觉的奉献，是桂花魅力无穷的表现。

看着，想着，羡慕着，继而移步于凤凰湖上，荡一叶扁舟，轻晃、慢摇，再次体验被桂花包围的感觉，继续憧憬着美好的明天……

红云片片，因爱而来

走进齐心村的山林，绿意盎然。丛丛绿草如绒毯，铺在地上，踩上去软绵绵的，舒服极了。抬眸，各种绿树、藤蔓映入眼帘，将夏秋之交的林子装扮得生机勃勃。

越往里面走越清美：山林一侧的河，流水潺潺，发出不大不小的响声，和树林的安静相映成趣，顿时，林子活了起来。

忽然，我讶异地看见一片红似火的树群，高耸入云。近看，它树干橘红而有光泽，顶端侧枝上的叶子依然翠绿，红绿相撞。

红桦树，古人称其为"爱情树"，象征着坚贞不渝的爱情。走近，发现树干有片片如红云的薄片卷翘，索性撕下两片，举起，对着阳光，看起来更加透亮，不由得心中欢喜。

通常的树很少有脱皮现象，偶尔遇到一两种，树皮也不会像红桦树那么美丽。

古人将红桦树视为爱情树，是因为红桦树皮色泽饱满，多呈火红色或者橘红色，年轻人在上面写上心里话，递给心上人，期盼恋爱能成功。不管是他还是她，但凡收到用红桦树皮写的情书，心情不言而喻。故而，有人称红桦树皮为"丘比特爱神之箭"，"射"到哪里，爱情就在哪里收获。

红桦树皮不停地开裂，不断地从树干剥离，一片片，像红云，又似红丝巾，在风中飘扬，引发人们对爱情的无限憧憬。

望着那一片片红树皮，再看看我手中撕下来的树皮，我若有所思。

忽地，我心头一颤，拿出笔，在上面写上"有位伊人，在水一方"，抛向空中，看它飞起，飞高，又飞远……

我的思绪也随着红桦树叶子的飞舞而漫想：那年，我十八岁，上大二，为凑学费，暑期去收购木材。到了林场，发现那里提供的原木都是红桦、白桦，当时，那红艳艳的树皮就很惹眼，可我那会儿忙于生计，无暇顾及它的深情，只顾检尺。而今，觉得自己辜负了那场初遇。

细看，两棵并立的红桦，笔直、挺拔，树干很高，树冠亦很大，枝枝交错，叶叶相触，那情景果真应了舒婷的那句"根，紧握在地下；叶，相触在云里"，情真意切，大胆表白与含蓄内敛相结合，将人世间的爱情表达方式，全部收于此。

回眸，我身后的文友亦抬头凝视，许久，许久。他说他第一次见到如此俊美、挺拔的红桦，说着竟然也撕下两片红树皮，收入袋中。我知道他胸中诗情澎湃。不难推测，红桦树皮成了激发他诗歌创作的"宝贝"。

红，本就象征热情、奔放，在万绿丛中有一点红，格外耀眼，唤起心中无限美好。

今天去见红桦时，我戴着红黑相间的朱砂手串，穿一双红色网面运动鞋，遥相呼应，十分应景，十分顺心。

爱情，亘古不变的主题，理应热烈、厚重，故而，红色最合宜。阳光下，见红桦树皮，如片片红云，因爱而来，一步一注视，一望一深情。

我的心随之飘飞。飘呀，飘呀，飘到我爱的人和爱我的人身旁……

桐花，亦梦亦幻

桐花，往年盛开在五月，而今年提前一月，四月就已然绽开。

远望，似一个个淡紫色的铃铛挂在泡桐树枝丫上，不浓烈，紫色与白色联袂，将春的味道——柔软与绵长，淋漓尽致地呈现出来。

在来学校的路上，见到几树桐花，觉得诧异。到学校后，看到操场围墙外农户家的一棵梧桐也已缀满了花朵，我才回过神来：哦，原来桐花早已抢先来到春天。

紫色，梦幻般的颜色。静若处子，安静、高贵、祥和，穷尽美好之词亦不能说尽它的独特之美。

那年，侄女六岁，过年回到老家，着一身三件套的淡紫色棉裙，像极了桐花的颜色——淡紫、白色结合。我看了她半天，她问我：姑姑，你看什么？那么认真。我笑了笑，说：看桐花啊。

桐花？她显然有些讶异。我急忙改口，说：我在做梦。她愈来愈听不懂了，一脸懵懂，跑向我的母亲。

奶奶，奶奶，我姑姑说她在看桐花，又说她在做梦。母亲起初也不明白，以为我在说胡话，后来，看看侄女身上的棉裙，像是恍然大悟，笑笑，说：对，你姑姑在看桐花，在做梦。

小时候，我喜欢淡紫色，却从来没有机会见到桐花。偶遇一树桐花，我兴高采烈地跑到树下仰观，竟不觉得脖子酸困，只觉得眼前的颜色美得令我痴醉，看不够，越看越美，越看越好看。

铁路边的老城墙根旁生长着一树桐花。我想去看，就自告奋勇地对母亲说，我去找猪草。母亲允诺，我便挎着竹筐，一溜烟跑向桐树。坐在树下，抬头，看着满树的铃铛，微风来时，它们轻晃几下，柔柔的、软软的，不矫揉造作，怎一个美字了得！

看着，看着，突然，风儿吹落一朵桐花。恰巧落在离我不到一米的地方，我伸手拾起它，拿在手中，翻来覆去地看，不停地嗅闻，一股甜滋滋的气息浸入我的嗅觉。我抵挡不住桐花的深深诱惑，伸出舌头舔舐。果真是甜的。细细的、柔柔的、绵绵的，像白糖，又像棉花，回味无穷。

桐花自带温柔，迷醉了我，时间从我身旁溜走。我被这浅浅的"梦幻之色"感染，竟然忘记找猪草！眼看着太阳快落山了，忽然想起竹筐依旧空空如也。坏了，这下闯祸了！我急忙弯腰低头，一阵突击，但筐子还是装不满，赶紧找些蒿子秆来，折断，撑在筐子底，把猪草架起来，准备回家交差。

回家，少不了一顿呵责，只能屏声敛息。可心里还在想念着那一树桐花。

庆幸的是，父亲给小院重新做了规划，计划在靠近南围墙那里种一排桐树。我一听，心里乐开了花，这下就不用跑出去看桐花了。

母亲说，现在桐树还小，地里还没被树荫罩严实，可以栽一些菜苗。后来，我借着摘菜的机会，特意去看桐花。

桐树渐长，荫蔽的面积日增，地里种植菜蔬，显然不行。父亲又把猪仔圈到那里，喂猪，就成了我的差事。每次，我把猪食倒进木槽，任凭猪仔们抢食，我只顾抬头看桐花。

猪仔们靠在桐树根部蹭痒痒，我担心猪仔把树弄伤，总要将它们赶走。可赶走这只，那只又跑了过来。赶来赶去，我的后背总会沁出许多汗珠来。

是不是桐花知道有我在欣赏她的美姿，桐树便没有死亡？我仔细想想，或许是猪肥给了它们许多养分，才让它们长势喜人。花开时，更有浓烈的梦幻之感。

美丽终究抵不过贫穷。后来，父亲把桐树伐了卖钱。那晚，我躲到被窝里，偷偷哭了。为了生活，曾经种了桐树的地方变成了牛圈。

从此，桐花再也不会在我家的院子里绽放了。

时隔多年，每逢看到那一棵棵桐树，一朵朵如铃铛的桐花，便不由得想起和桐花有关的往事。如梦般，紫色的，无法复制的高贵，深藏在记忆中，在时间的长河里发酵。色彩，越来越美；情思，越来越长……

乡村，香椿

　　乡村，仍在我的记忆里，未曾被遗忘。尤其是阳春三月北方的小村，香椿萌芽的翠绿与深褐色枝干紧紧依偎，不分彼此，染了时令，香了季风。

　　我很少自己去采摘香椿，但能在集市上见到一把把捆扎整齐的香椿。它们叶子长成一朵花的模样，微细，尖端呈羽毛状，根部是叶柄，厚而硬，二寸余，叶子的前后端构成了软硬和谐、线条流畅的态势，很自然，不失为一种美。

　　香椿，从乡村来，沾满了烟火味，更大众，怪不得会获得许多家庭的厚爱，或凉拌，或爆炒，皆不错。

　　幼时，家里房后有一棵香椿树，很苗条。父亲从不喜个子矮的树，从一开始，就劈掉靠近地面的侧枝，迫使它疯长。说来也怪，各种树最后都成了父亲的"俘虏"，院子里唯一的一棵香椿树也未能例外，长得细高，如白杨，挺立在风中。

　　待香椿顶端长出一些长度后，母亲便拿来一根带铁钩的竹竿，用手捏住尾部，将手臂伸长，再伸长——够着了，终于够着了！母亲自顾自地欢呼，全然忘记了自己的年龄。

　　或许香椿很想长在原处，不想离开。然而，它拗不过母亲，再执着，此时也没用，末了，还是从上面落了下来。母亲老早给地上铺着塑料纸，透明的，香椿掉在上面，横着、朝左、向右，恣意铺排。那会儿，我还小，说香椿像一只羽毛毽子。

母亲说我贪玩。我撇嘴，不语。

母亲把一朵朵香椿捡进竹筐，我跟在身后。觉得它们最搭配，半新的筐，新鲜的香椿，从色彩到香气来说，都很美好。只是香椿占了上风。

灶房里的烟火气息弥漫，一点一点，渐渐浓厚：灶膛里的火，熊熊燃烧；大铁锅里的水，沸腾，水汽氤氲，缭绕，缥缈。母亲被包裹在其中，增添了几分迷离的感觉。

母亲揭开木锅盖，将洗过的香椿倒入锅中。母亲也许不忍，香椿也许不愿，可终究拗不过我们几个孩子伸长的脖颈，满眼的渴望和不停吞咽的涎水。不到一分钟，身处热水中的香椿逐渐变色，浅绿、深绿、翡翠绿，愈来愈讨喜。

焯水三分钟，硬生生的香椿，便柔软许多，母亲将其装在小号竹簸箕里，控水，抖开降温，然后放在菜板上切碎，盛入白盘，拌上白蒜、红椒段，烧点菜籽油，趁热泼上，"刺啦"一声，各种香味全部溢出，争先恐后，抢占我那最经不起诱惑的味蕾。

各色香味啊，迅速飘起，飞出盘子，飞向鼻翼，飞出门窗……熟悉了其他香气，就专闻香椿的味儿，的确浓郁。我经不住诱惑，拿竹筷挑一口吃下去，整个喉咙都是香的。

母亲说，香椿与鸡蛋也是相宜的搭配。我想，淡黄与翠绿更青春，更适合我们的胃口，更是山村的做派，也更符合乡村的气质——谁也模仿不来的气质。

在乡村，靠山吃山，靠水吃水，香椿自然也是一种最朴实、最聚人气的美味。春天有它，香一春！

微风来，槐花香

风来，一股清香捷足先登，径直钻入我鼻腔。深吸一口，满嘴生香，不禁感到春花无限美好。

绿森森的枝叶，白生生的花苞。槐花，蓄势许久，等候开放。我心想，蒸槐花麦饭，正当时。

我本来是打算回县城的，索性不走了，转身回了学校。站在办公楼后面的花坛外，欣赏满树白花，嗅着弥漫于空气里的槐花香。不浓，不烈，淡淡的香气，如略施粉黛的窈窕女子缓缓走过，留下一抹香气。我动了动鼻子，再次细细嗅闻，轻轻的、柔柔的，不浮躁，闻起来备觉惬意。

密密匝匝的花儿压弯了枝条，有打着朵的，有半开着的，熙熙攘攘，异常热闹。赏着，赏着，我有些着迷。

母亲在电话里说：我今天蒸的槐花疙瘩（我们当地把麦饭叫"疙瘩"），你回来吃吧！可我没有时间回娘家去吃饭。母亲心里被槐花占满，开口闭口都是槐花，总离不了那句话：我春燕还没吃上槐花疙瘩呢。

槐花携着母亲的念想，愈加香甜了，每片花瓣里都盈满深深的母爱。我每个周末都有忙不完的事情，一会儿宝鸡，一会儿西安，跑个不停，周日下午赶回学校上班主任的晚自习，连县城的家都无暇顾及。那个家，就剩下房子了。

母亲一次一次地打电话询问我何时回家，顺道把冷藏在冰箱里的槐花疙瘩捎回去，热一热，吃了。我一日早上刚说当天下午回家，结果下午就给母亲打电话说，我有事，不回了。

槐花，穿过了四月，冻在了五月。五月的第二周都结束了，我才抽空取走槐花疙瘩。解冻时，丝丝香气，慢慢飘来，飘呀飘，客厅的角角落落盈满淡淡的槐花香。

我不能独享槐花香。于是，我打开阳台上的窗户，让槐花香飘出纱窗。不知谁会在楼下或者楼道闻见这来自大自然最原始、最质朴的香气。遇见，就是缘分。

风，微醺；槐花香，微醺。今年五月，并不暖和，雨水较多。湿润的空气里，丝丝缕缕的槐花香，拽着鼻翼，攀上发梢，混着空气，萦绕，盘旋，弥漫，整个屋子都是香的。

享受在其中，有些被槐花香熏晕了的感觉。迷蒙中，读到霜姐写的一篇关于槐花的文章，读着，读着，我真的心醉了。

岁月年年如此，不知多大岁数，槐花依旧是原来的那个样子——空气里弥漫着甜蜜，不遗余力地挥发。真好！

不知能否用槐花酿酒或者制茶？若能，更好。但槐花已在我这里自酿成了美酒，不浓，不烈，淡而有味，香而有韵，自带几分迷离，又带几分幻想，任我的思想野马般自由驰骋……

一天，我带着十八位同学去某企业参观。沿路都是槐树，两行，相对，我们的车子穿行在其间。起初，我很惊诧，因为去年，我在马场随旗袍队采风时，见三两棵槐树，便"乐不思蜀"。而在此路上，越走越深，槐树越来越多，繁花满目，如置身于画廊一般，被花香严严实实地包裹起来，更觉得无比幸福和惬意。

曾目睹一对新人在樱花盛开、两旁花枝交错的"拱门"下举行婚礼。而今，穿行在槐花间，恍若隔世，欢喜许多。

人，一生说长也长，说短也短。可望而不可即的幸福，远不如够得着的小欢喜来得自然，来得现实，也觉得踏实。生活中小欢喜若不断，人，自会精气神饱满，久而久之定会自带光芒！

开在树上的"白荷"

开完培训会,往回走,路过杨家坪小区,在临近彩虹桥的地方遇见一树花开,我惊讶万分——如此浓郁、厚重的白花,视觉冲击感极强。由于稀罕,我驻足仰望。

花儿,有袅娜地开着的,有打着朵的,像极了朱自清笔下《荷塘月色》里的清荷,瓣儿像,气质像,姿态像,唯有一点不同的是,它们开在树上。

若是单就一树花而言,也并无什么奇特之处,关键是爱屋及乌,我喜爱荷花,怀疑自己是从周敦颐笔下的荷花池里穿越而来的,染了荷香,碰了荷波,听了荷语,才如此迷恋荷花。

仰头,看呀看,一朵朵比小碗还大的"荷花",绽放得如此盛情,不谄媚,不妖艳,自顾自地站在高枝上,与绿叶相依,温雅许多。有人说它有兰的品质,故而,也称白玉兰花。

荷也罢,兰也好,皆属君子之行,品德之范。

仰视许久,双足已迈不动了,看着、赏着,看不尽、赏不够,拿起手机把它们的美好定格,不论是已开的,还是没开的,我都喜欢。三两朵同框,一盏单照,带一两片叶子……变换着不同的角度,将花的各种姿态留念。

相约不如巧遇,既然有缘,那就再和它静静地待一会儿。思绪忽然跳到那个时候——

我随任教的学校整体搬迁,去往小镇,新旧校址相距十五公里,但那时新校址的基建尚未全部结束，双脚与河滩里的鹅卵石时常接触，我的高跟鞋鞋跟时常是"大花脸"，黑一块、白一块，皮子翘起老高。好事多磨，一点不假。第二年，学校开始绿化，种植松树、侧柏、龙爪槐、杉树、棕榈树等，树的品种不少，多半是常绿型的。我就在盼，要是再能种点花儿多好，足不出户就能赏花，四季有花，我就是花园里的公主。想想都觉得特别美，眼里放光，似乎这一切就在眼前。

种什么花，成了首要问题。土层薄，起风的时候多，地势低，还要耐旱……一系列的问题摆在面前。后来，学校请来绿化公司设计。他们考察了许久，才有了眉目：玫瑰、月季、榆梅、紫荆、连翘、紫薇，还有一种既是树，又是花——树，个大，叶厚；花，瓣儿是花苞形，略厚，香气浓郁，却不烈。这是什么？我不敢妄下定论。

知之为知之，不知为不知，是知也。为求得答案，我去寻找标识牌，找了几处，仅有一个牌子，上面写着：白玉兰，别名荷花玉兰。

春到，一场雨缠缠绵绵。早晨，我拉开窗帘，见到窗外的白玉兰被雨洗涤后，格外干净，叶片泛光，油油的，真像是拿了一桶无色的油泼了上去，且技术高超，完全是均匀的。此刻，我觉得白玉兰与春雨的邂逅，就是美丽的缘分。

可惜的是，一到冬天，白玉兰的叶片落地，只为来春绽放一抹素丽。于是我每年就盼着春天快点到来。

奇怪，初夏，在秦岭腹地，还可见到玉兰花。今天，我难得有空，便仔细瞧了树上的花，发觉它和白玉兰是有区别的，拿着照片比对，才晓得它叫白广玉兰。

白广玉兰没有粉色花蒂，纯白，朵儿也略大些，反而更惹人喜欢。

我生在北方，住在北方小城，很少见到成片的荷花，在黄牛铺和红花铺交界处，有一方池塘，水面上浮着睡莲，稀稀疏疏、三三两两，赏花时，总觉得不过瘾；在消灾寺见过盆栽荷花，虽说也好，可还是觉得不够大气；在安康瀛湖畔遇见莲蓬、荷花，才算解了点馋。

几年过去了，家里的阳台上，种了几款兰花，可是，又念荷花了。若是荷花的模样与兰花的气韵融合，相得益彰，怎一个美字了得！

条件受限，见到开在树上的荷花——白广玉兰，了却些许念想，让我心里觉得它很亲切。回家，拿出手机翻看数次，心里终究还是放不下它，赶紧顺势而为，把丝丝缕缕的情、丝丝缕缕的念，柔柔地、软软地，缠缠绕绕在白广玉兰的花瓣上、花香里……

人啊，走着走着就散了，遇见的，都是红尘里的安排。能看的就仔细看看，能拥有的就敞开怀抱接受，用心度过一分是一分，含情走过一天是一天。不留缺憾，便是人生莫大的慰藉。

幽幽玉兰情，颗颗淡雅心

1

初夏，一场雨悄无声息地缠绵着，整整一早上了，不知道何时才能停。

中午，我站在窗前，忽然，一朵洁白的花闯进我的眼帘。泛着碧光的叶子在雨水的沐浴中显得锃亮，从一丛叶子里冒出一朵素白的花，这朵素雅的白花，不偏不倚，就开在树顶，很是抢眼。花开九瓣，花大如荷，浸染了一种淡雅、高洁的气息。

于是，我驻足透过窗纱静静凝视它。

广玉兰，原本不属于我生活的北方山城，但是后来经过人工培育，它竟然也能在我们这里"落户"了，这本就是一桩喜事。

不知道是天庭的哪位花仙子留恋人间，将多情的种子遗忘在滚滚红尘中，才成就了这样绝美的花。

那一瓣瓣素白，莫非是由当年花仙子的衣袖、裙衫幻化而成？或许还有一场凄美的爱恋，或许……这些都是我的幻想。

广玉兰，在我的心里一直都是圣洁的，从第一眼见到它的时候，我就感受到了它与众不同的非凡气质。

想到这里，我索性搬来椅子坐在窗前，端详起来：一棵不很大的广玉兰树，在徐徐而来的清风里矗立着，微微张开的花苞，显得优雅、从容，像是一个经历了许多尘事的女子，身上流淌出一种渐趋成熟的气韵来。

牡丹，固然雍容华贵，令那些想攀高枝的女子羡慕不已；玫瑰，固然娇艳欲滴，令无数痴情女子憧憬向往；栀子花，固然清新芬芳，令小家碧玉驻足细嗅不忍离去……然，广玉兰不像它们，它保留一颗清雅的素心，将端庄大气、内敛、素雅融合于一片片花瓣中，也绝不像那些藤蔓之物，要依附别人，才能缓缓地爬上去。

九片花瓣在中午张开的弧度大些，到了晚上便合拢，贝壳状，估摸着是去倾心交谈、幽情缠绵了吧。

我拉开窗户细看。一颗颗珍珠般的雨滴，落在翠绿的叶子上，使得叶片更加湿润，更加有光泽；落在花瓣上，引得它娇羞莞尔，那雨滴便继续滑行，落到了地上。

2

假如，把这树枝比作男子，将广玉兰花苞看作女子的话，它们就是一对恋人。

华灯初上，窗外的雨不知疲倦地下着。暮色中我借助灯光悄悄关注了一下广玉兰。花苞收拢得更紧了，枝干和树叶却笑迎着细雨、微风。

这让我想到，一对恋人能够相依相伴，风雨无阻，真的很幸福啊！舒婷曾有诗句："根，紧握在地下；叶，相触在云里。每一阵风过，我们都互相致意，但没有人，听得懂我们的言语。"今生乃至下一世它们都是天生一对、地造一双的好伴侣。

你若懂我，该有多好。我相信，这广玉兰树肯定懂得花儿的心。她的一颗素心，只为在有限的时间里能够陪伴在爱人的身旁，一分一秒，皆是一种幸福。爱是无声的语言、无言的等待、相生的力量。

广玉兰树是一个硬汉，花儿是水一般的姑娘，一刚，一柔，水木相生，从五行学说方面来看，也是和谐的。

故而，它们的感情世界一定是丰富多彩的。"我们分担寒潮、风雷、霹雳；我们共享雾霭、流岚、虹霓。仿佛永远分离，却又终身相依……"拥有这些患难与共的日子，足矣！

外面的雨依然缠缠绵绵，未曾断绝。我已经关上了窗户，透过水帘一般的玻璃，还是可以看到傲然挺立的广玉兰，在这样的天气里，傲视风雨。

或许有人说，那是树，又不是人，没有思想的，站在哪里都一样。但是，我们人类虽是有思想的，反而会大难临头各自飞，可广玉兰的树与花却将一种发自内心的真爱，毫不保留地奉献给对方，这正是爱的伟大之处，亦是爱的真谛。

我还在窗前痴想的时候，不知道从谁家飘出那首《广玉兰之恋》："芬芳的广玉兰，在夏日里唱着歌。那个宁静的正午，我们在树下走过。你牵着我，我牵着你……"

人在经历了一定的生活磨砺后，就渐渐学会了回归和沉淀。剔除浮躁和空无的东西，沉下来的东西才是最纯的。

那么广玉兰留给我的是一种思考：人，要用一颗素心，坦然面对人生的阴晴圆缺、缘起缘落。只有这样，在寻常人眼里看似朴素的广玉兰花儿才会更娇美，更清雅，更迷人。

因为迷醉的不只是眼眸，还有那颗心。微风中，广玉兰花儿仍高高地站立在树顶。窗内的灯光铺洒在叶子和花朵上，让我看得更清楚了，那叶和花就像朱自清说的——仿佛在牛乳中洗过一样，湿漉漉、水灵灵的，干净得让我不得不怀疑我的眼睛。

"绰约新妆玉有辉，素娥千队雪成围。我知姑射真仙子，天遣霓裳试羽衣。"广玉兰哦，你洁白无瑕，你清丽温柔，你婉约素雅，你贤淑美丽；广玉兰哦，你是天工神匠用洁白无瑕的美玉琢成的稀世之珍品，弃妖冶之色，去轻佻之态，不与群芳争艳，不惹蜂蝶狂舞。

你在雨中挺立，你在风中怒放。无论高挂枝头，还是飘落在地，始终保持着一尘不染的品格。即使埋入泥土，也是一颗纯心一片情，保持洁白无瑕的身躯。

你淡雅纯洁、内敛素朴的品质，不正是我们学习的榜样吗？你虽没有玫瑰那么艳丽，没有菊花那么耐寒，但在默默地为人们吐露着芬芳，美化着世界，不显山露水，却一直在无私奉献着，这种品格难道不值得我们赞美吗？

幽幽玉兰情，颗颗淡雅心。夜灯下，我静静地站立于窗前，看着外面雨中朵朵摇曳的白花儿，又一次陷入了凝思。

恍然间，我好像幻化成了一朵圣洁的广玉兰花儿，与那枝干一起傲立在夏雨中……

拂堤杨柳醉春烟

草长莺飞二月天，凤凰湖畔、溪边、道路旁的柳树渐有春意。鹅黄，翠绿，一天一个样。

北方，气温变暖较慢。"拂堤杨柳醉春烟"的美感，迟迟未到。

软枝上，一只只碧蝶展翅欲飞。微风过处，柳树尽展温婉、柔媚、婀娜和摇曳，宛若一位妙龄女子，柳眉、柳腰、窈窕、风流。惹得我思绪翩翩飞，飞回家乡——

村里一位奶奶，个儿高、丰腴、五官精致，似乎没什么特别之处。可有一点，像是刻在我的脑海里，让我至今难忘，那便是她的杨柳腰、莲花步。

想着，想着，不知不觉走到了河堤上。一排排垂柳自然成行，远望，绿意渐浓。看来，春的气息已悄然而至。

再去河堤，已是三月。凤凰湖畔的柳树日渐葳蕤，"不知细叶谁裁出"的疑问涌了出来，到底是哪位"巧裁缝"的杰作？哦，贺知章说，"二月春风似剪刀"。

走近，举手，轻轻托起一段柳枝，想看个究竟：叶片狭长，叶片上的脉络貌似每个轮回的路径，清晰可见。

或许是因长在凤凰湖畔，这些柳树自然多了一些灵气，水生生的。散步归来，看着那一排柳树，我有些痴怔。风起，叶舞，葱翠袅娜，大有"玉生烟"的朦胧感。

自古到今，咏柳之作千万，从不同角度，反映柳之美、柳之韵、柳之神。贺知章、白居易、陈光、高鼎……遇柳抒怀，或清新，或婉约，或伤感，皆有风情。

小城不大，碧柳成行，生机勃勃，一派欣欣向荣。小城比小镇还小，河堤上的南北两行烟柳，郁郁葱葱，北边钢索桥年复一年地横跨在河上，婉约派词人柳永倘若来此，定会顺口吟诵"烟柳画桥，风帘翠幕，参差十万人家"的美词。

艺术离不开想象。小城也好，小镇也罢，所有的柳树各有其美，美得清新，美得柔软，美得朦胧。

人说，少年时，快乐简单；老年时，简单快乐。这里的柳树无须附庸风雅，本着简单、快乐的初心，自顾自地生长，风中、雨里、春阳下，风采依旧，平中见奇，活出精彩的模样。

柳树不挑土壤，无论肥沃还是贫瘠，皆能扎根生长。南方、北方，我也见过许多柳树，但最终还是喜欢小城、小镇、小村的柳树。

凤州清真寺西南的两排柳树、七里坪移民新村近旁的两行柳树，更是美不胜收。来来往往的车子穿行其中，犹如置身碧玉帘里。我每每坐车行至此处，倍觉惬意，一种飘飘欲仙之感油然而生。

站在小镇河堤的柳树下，仰望，突然心生羡慕。或许，年龄渐增，更加渴盼简单的生活、快乐的心境。看，柳树不正是如此吗？任凭孩童折柳编成各款帽子，做成柳笛，或是吹响柳叶奏一首心曲。无论肆意与否，不管留下的伤痕或大或小、或多或少，它依然从容笑对，不求回报，只顾奉献。

秋一来，柳叶入土，来春再吐新芽，再染绿小城、小镇和小村。平静奉献，安静享受，淡然回归。反反复复，不抱怨，依然如昨，大抵是源于一颗"有容乃大"的心吧！

念起银杏

"春来发几枝"的季节，看不出银杏有什么倾倒眼眸、迷醉人心之处，然而经历盛夏，转入深秋后，它自有一身黄金甲，的确令人惊叹不已。

其实，称其为银杏，是因为它的果实——银色，略泛点黄，外形如杏。银杏果有药用价值，寻常百姓颇为喜欢。

我看中的却是它黄灿灿的壮美。秋风吹黄一树叶子，片片如扇，摇曳，仿若一串串风铃，和风吟，共雨沐，倒也悠闲。

秋意渐浓，一树黄叶终究难敌寒气，一片片，飘扬，旋舞，落地。空中，洋洋洒洒；地上，层层叠叠。满地金黄，如毯，且锦绣绚丽，明灿灿，晃眼，可双眸却不曾想过移开。老了银杏，落了树叶，惊艳了眼眸，惊艳了岁月。美哉，壮哉！

远望一地金黄，忽而想起距今已四千年的银杏"活化石"——浮来山风景区内的"银杏树王"。据《左传》记载，春秋时期，莒国国君莒子与鲁国国君鲁侯，为了图谋大业，曾在此树下结盟修好。李世民、康熙、乾隆都与银杏树有着渊源，或手植，或赐名，或题诗。莫非是皇帝们觉得银杏叶的金黄与御用色恰巧吻合，才对它产生如此浓厚的兴趣？看来，银杏树与名流们有着丝丝缕缕的联系。

更令我好奇的是，定林寺、禅林寺、潭柘寺、古观音禅寺等寺庙，均栽植银杏，且都在千年以上。不难看出，银杏或与佛教亦有联系。

一说，佛教与草木皆有联系。将银杏树称为"圣树"，是用它的神秘色彩扩大佛教的影响力。另有一说，佛祖坐在菩提树下成道，而菩提树在北方不易成活，便选用银杏树代替。其叶素雅洁净，与不受外界干扰的佛家寓意吻合。故而，常听闻银杏树在寺庙院子里庇佑弟子一说，也就不奇怪了。

自古到今，文人墨客深爱银杏的也不计其数。在他们眼里，银杏姿态雍容富贵，品质纯洁无瑕，被作为歌咏题材，颇有雅趣。不论它的名字如何变化，但在诗人、词人笔下依旧被赞颂不绝。据说，寇准、岳飞等人也极喜欢银杏。皇帝选其做家具，大臣们则手持银杏木笏板，寻常百姓则喜欢用银杏果做食材、药材。

相传苏轼曾在河南光山县净居寺留下"一树擎天，圈圈点点文章"的赞语，而李白在湖北安陆的白兆山顶上手植一棵银杏树，且在此树下写诗多首。

穿越时光几千年，至今，田野、郊外、公园、庭院……随处可见银杏树。但一到秋季，我还是会为一树、一地金黄而迷醉，醉了眼眸，醉了心怀。

昨日仿佛已是流金岁月，今天道路光明，明朝辉煌一片。

银杏的花语是坚韧与沉着，与人不断追求的性格相统一，与人的奋斗历程一脉相承，与人生境界的最高层次同根同生。

始于广博的土地，丰茂于苍穹之下，归于足下的土地。生，是翠绿，随后，愈加生机勃勃；离，硕果累累、收获满满，一片金黄，刹那间，便归土。

生得简单，走得满足。这是银杏与其他草木的迥异之处。平凡中的精彩，平淡中的惊奇。经过春夏秋三季，才活出了低调的奢华，绝版的优雅。

芸芸众生中泛着亮光，生成一抹金色，活成一抹底色。

银杏，银杏！我不由得念起银杏。

梅花清寒香未了

      桃李莫相妒，天姿原不同。

      犹余雪霜态，未肯十分红。

           ——王十朋《红梅》

  春天，什么时候来的？最好的解释——立春时。

  话虽如此，那还有没有绽放的梅花，却会在春日补上一抹清寒。今春，有些料峭，想着梅花差不多开完了，便也没在意那么多。

  我一直喜欢兰花，柔软，温情脉脉，而梅花则是一身清寒高傲，从不正眼看你。"虚心竹有低头叶，傲骨梅无仰面花。"人说，寒梅之所以傲骨凛然，是为了昂头吸收能量，使自己更强大。或许，有几分道理吧。

  那年，正月初一，爷爷走了，一脸慈和。母亲把我和两个弟弟关在爷爷的房门外，我们不知道大人在里面正给爷爷洗澡，穿老衣（寿衣）。忽然，听着母亲号啕大哭，我像是知道屋内发生啥事了。

  自从爷爷走后，父母的窗花上就多了梅花。

  "你爷爷走的那年，说是想看梅花。我漫山遍野地找，也未能如愿。"父亲说，"那时因为你奶奶临走前，家里插了一瓶梅花，颜色漂亮，可她眼睛看不见。听着别人说花儿好看，拿到鼻子跟前闻了许久，脸上也似漾着一朵花，说：真香啊！"

  爷爷时不时会想起奶奶来，在小人书上看见了画的梅花，都会愣神良久。那时，我还小，不懂爷爷的心思，只是督促爷爷赶紧翻页。不知他是否因为耳背，真的就像没听见一样。

　　我没见过奶奶，只在遗像中见到过奶奶慈祥的面容。从村里长辈的口中得知，奶奶小脚，挺能干，屋里打扫得一尘不染，全靠两只手紧密配合，摸着，抹着，一寸紧挨一寸，桌子、柜子洁净如新，铜活也闪闪发光。土房虽小，但温馨。他们一说起我奶奶，话匣子立刻呈打开模式，眉飞色舞，啧啧赞叹，还不忘竖起大拇指。

　　爷爷偶尔听见别人盛赞奶奶，他自豪，又伤感，可谓百感交集。爷爷逢着梅花，就会折一些回来水养在玻璃瓶里，一天看三回。只有他和父亲知道，其中隐含的念想。

　　我和弟弟去爷爷的房子，想吃虾皮，够不着。他将其包在草纸包里，装入一个小竹筐，放到竹笆子（隔架）上，就我们的个子，站在炕上也无能为力。但是我们也有对策，搬个凳子，站上边，好不容易看见竹筐了，可太靠里面，还是够不着。踮起脚，伸长胳膊，哪怕多一厘米，都是希望。一不留神，凳子就会踩空。有一回爷爷回来了，吓得我们赶紧收手。结果人仰马翻，打倒了梅花瓶子。

　　"你们这些人精，想造反啊！"爷爷骂着我们。房间本就逼仄，我们争先恐后地夺路而逃。爷爷更关心的是他的梅花，顾不上我们，也顾不上虾皮。他小心翼翼地捡起地上的梅花，见有花瓣脱落，很生气，边骂边挪地面水渍跟前的物品。土和水混合，颜色深了许多，与梅花瓣相衬，另有味儿。

　　"墙角数枝梅，凌寒独自开。"梅花的香气，从奶奶那儿开始传到我家。父亲讲不出什么大道理来，只说梅花有一种不服输的精神。我多喝了一点点墨水，知道那叫"梅花香自苦寒来"！

　　是啊，穷孩子必须打拼。不念过去，不畏将来，珍惜眼前，活在当下，展望未来。输了再爬起来，自会感受到"梅花香自苦寒来"的励志。

　　好与否，全在心境。有梅彻骨之香的召唤，踏平挫折与坎坷，收获一段属于自己的历程，亦是福也！

回眸处，一枝深情品榆梅

阳春三月，雨来，风起，孕育许久的花儿，竞相绽放，展现春之姿，欢唱春之歌，舞尽春之魅。

桃红、梨白、菜花黄，春花次第开，带着诗情画意，携着十里幽香，姗姗而来。回眸处，一枝榆梅深情唱。原本单调的山坡、路边、园圃开始活跃起来。

人们生活水平日益提高，踏青、赏花，成了一种温暖心房、温润光阴的时尚。远近无妨，执念不减。

桑园老软木厂近旁的梅园，成了众人眼中的最佳去处。天，晴朗，天空蔚蓝如洗，无云，适合户外赏花。梅园的拱门两侧，翠竹幽绿，团团簇簇；拱门顶端，一枝粉梅出墙来，浓绿与淡粉，互相烘衬，倒也别致。

入了拱门，行十来步，见有三只青花瓷盘子相互支撑而立，意思暗合"梅花三弄"，以此将梅园东西而分。

梅园里，粉色居多，偶有几树白梅和红梅。我更喜粉梅，不浓不淡，刚刚好。红，热情得很，咄咄逼人，俨然没有赏花人的空间；白，素雅得很，明亮夺目，像是要晃花游人的双眼。粉色，将红与白中和，温柔许多，亦安静许多，不温不火，不急不躁，泰然处之，静若处子。

这种感觉使我想起故事里内敛、柔情似水的传奇女子。带着粉梅的香气，携着春的柔媚，迈着莲花碎步，盈盈走来，如云，如仙，每走一步，都会生出些许翩跹来，令人如痴如醉，一切却在那女子不经意间。

恰恰也就是这种顺意而生的美妙，唤起落寞多年的满足。恍然大悟：幸福之人并非拥有一切，只是尽力享受生活的赐予。

榆叶梅的花语是春光明媚、花团锦簇和欣欣向荣。

细察，不难发现，它的叶如榆，花如梅，故称榆叶梅。花满枝，常压弯头，因此，又名"鸾枝"。在我看来，叫榆叶梅或鸾枝，皆很形象。若论意境美的话，我则喜欢叫它鸾枝。

娇颜盈眸，暗香盈袖。每次上下班路过梅园，便会情不自禁地多看它几眼。好的是，春日，白日渐长，早上坐公交车，途经此处时，光线渐好，已能拍清楚它的模样。

遇上微雨天，榆叶梅别有一种美。它静立在蒙蒙细雨中，隐在轻烟静夜里，不惧春寒料峭，依旧欢喜，依旧枝头喧闹，占尽小城、山野、路旁颜色的风流。

它开呀开，开在我的眼眸里，开在明媚的春季，不管不顾地绽放，花团锦簇，欣欣向荣。

岁月微凉，榆梅送暖。赏着，看着，一种不怨不艾、不卑不亢、不喧不闹的心境油然而生，在光阴的缝隙里体悟岁月静好。回眸处，一枝深情品榆梅——不攀不比，心淡然；不怒不嗔，心安然；不怨不艾，心坦然。教我从容乐观，懂得知足，懂得人生经历的曲折亦是风景，想通便是完美。

粉樱染就四月天

芳菲四月，万物竞相生长。春光无限好，春花烂漫，春色满园，春雨绵柔……如今的园子，许多都已是开放式的。

我下班坐车回家，喜欢在城南广场站下车，再步行十分钟到家，不是为增加运动步数，而是为了那一场花事。

春暖花开，若是在一夜之间，你会感到惊诧万分吗？我会。

那日，见城南广场的樱花含苞待放，我驻足，贪婪地吸了几口新鲜空气。花香沁人心脾，舒服极了。

凤城，是一个一年有三百四十多天都能见到蓝天的"天然氧吧"，空气清新又自然。所以，我很不情愿离开这里，去那些有雾霾的城市做"过滤器"。

想到这里，我觉得万分幸福，不由得又猛吸了几口花香。或许对城里人来讲，这是一种奢侈，而我却能轻而易举地拥有，幸福就是这样来得不知不觉。

次日早晨，我专门从城南广场站乘坐公交车，特意早去了七八分钟，再去看看昨晚心心念念的樱花。这一看，着实令我吃惊不小——它竟然绽放出了自己的笑靥，花瓣重重叠叠、团团簇簇，美得厚重，美得盛大，美得蚀骨！

忘了时间。直到有人喊了声"六路车来了"，我慌神，急忙跑向广场边上的车站，幸亏司机发现了我，没有启动车子。

到了学校，我跟同事说：县城的气温就是高，樱花都开了。她说：

人间最美四月天啊!

　　下午,我因身体不舒服,就一连几天未回县城,住在学校仍牵念广场的一树树樱花。

　　同事知道我喜欢草木,戏谑我是"草木相思"。之后,她又说:办公楼后面的那排樱花开了,你还不赶紧去欣赏,去拍摄?

　　话落,我便疾步前往。

　　前几年,我曾见过有人在樱花园里完成人生里的一场盛大的典礼——婚礼。一对新人,牵手穿行在两排樱花树夹起来的小道上,随着音乐一步一步前进,落英缤纷,在场的人无不羡慕。一场花事,一场浪漫的婚礼,新郎、新娘的心,合为一个世界:你中有我,我中有你。不知,谁的手机里响起歌曲《最浪漫的事》,很是应景。那时我抬头看着樱花,听着音乐,看着新人,我醉了,醉了……恍若穿越。

　　时下,我站在学校樱花树前,与那场花事相较,有许多相同的地方:赏花,听音乐,我仍然陶醉于其中,脚步难移。

　　几日后,坐车回家。在车上,我开始想象城南广场樱花染就四月天的盛景,心里顿生千分、万分欢喜,恨不得车子飞起来,分分钟抵达城南广场。

　　可我还是输给了时间,坐着六路公交车摇摇晃晃半个多小时,在城南广场下车。穿过斑马线,站在樱花树下。我的渴盼、我的憧憬一下子如肥皂泡破灭了——不见粉色樱花,只有一树的碧叶。

　　花呢?花呢?

　　我带着失落的心情,瘫坐在广场的长椅上。这时,环卫工人过来清扫地面,我询问她,她说,前晚一场雨,满树的樱花便没了踪影。我讶异,相距十五公里的小镇这几天从未落下半颗雨点,为何县城的雨就来得这么快、这么急?

　　这让我又想起当年上大专时,痴恋于一树树樱花而选择奢侈一回,花了五块大洋请照相师傅把我和樱花同框。这张照片夹在我的相册里多年，但凡想起，便要去打开看看，念一下那段美好的时光。

一次，舍友见了我那张同樱树的合影，很是羡慕，说是次日也要来一张。岂料，第二天，落英缤纷，树上再无樱花。那年，我们毕业。

樱花烂漫四月天，温馨永驻尘世间。美好的人和事，一经相遇，就要紧抓不放，才好！遇见就是缘分，理应珍惜，别等与美好擦肩而过了，才空叹息。

十里桃林一世情

张家窑的桃花开了。这消息一经传开，便有许多人驱车前往。

车子行至路边，十里桃林近在眼前，顿时令我急不可待。

去年，不知因何竟然跟风追起剧来。细想，还是因了那部名为《三生三世十里桃花》的电视剧。女主白浅横卧桃林，手捧桃花酿，随心随性的样子，令人艳羡。

如今，我身处桃林，亲眼所见"桃之夭夭，灼灼其华"，仿若陶潜"忽逢桃花林，夹岸数百步，中无杂树，芳草鲜美，落英缤纷"。花粉叶碧，最朴实、最自然的搭配，着实温柔，又着实惊艳。

来时，我带了彩色丝巾，穿着艳色长裙，摆拍、抓拍，意犹未尽。同伴华说：你干脆住这儿吧！

对，你说对了！我不假思索地回答她。

我喜欢桃林。见到之前，还没有如此强烈的感觉，但现在已然想和桃林相伴一生。

春来，除赏花外，还要采撷花瓣做成沐浴汤，使淡淡的花香融进每个张开的毛孔，进入体内。抑或学着酿酒，若饮醉，也可在梦里再遇桃花，蒙眬眼里赏桃林，乘兴翩翩起舞，放浪形骸，享受难得不受束缚的自我放纵，酒劲正浓时，顺口吟诵《桃花源记》，或胡诌几句，妙哉！

十里啊，靠我的双足，一步一步走过，也觉得漫长。虽说漫长，但也有趣。古人八大雅事——琴棋书画诗酒花茶，其中无论哪两样相遇，皆能增添许多乐趣。当然，随性而为，最为精妙。

倘若酒后在桃林的疯癫已过，就该品茗赏花了。微风吹过，空中飘起花瓣雨。几片粉瓣随风落入茶盏，清雅的汉中仙毫茶水上漾着一瓣、两瓣桃花，赏心悦目。端起，轻吹一口，花瓣微晃几下，倒也颇有乐趣。

今日也偶有花瓣落在裙角上，我不忍抖落，仿若我真成了桃花仙子，今日来到凡间，身处十里桃林，如何不令其他仙子心生妒意？哈哈！管不了那么多了，我既然捷足先登，就不能辜负与十里桃林的相遇。

我起身，在桃林里与飘飞的花瓣同舞，欢乐无比。走着，赏着，玩着，心早已倾注在桃林，锁在桃林。对林子以外的忧和愁，一概不想，对曾经所受的委屈，也顾不上想起，只顾解放自己，使自己高度放松、排空，简简单单地快乐着。尘世三千烦丝，飘呀飘，随风散去。我只闻见丝丝缕缕的桃花香，看见阳光下的花儿。

这种生活，不正是我向往许久的吗？期盼不如拥有，即使短暂，亦很惬意。倘若能拥有此等人间仙境，那必会整日满面春风。想想，都觉得是一件美得心里乐滋滋的事情——十里桃林，一世情！

白浅选酒，与桃花情投意合。我选茶。二者皆属柔和做派，淡而雅，素而清，静而美，这样留给我自由发挥的空间自会增多。配上一架檀香色古筝，弦音幽幽，岁月悠悠，不求终日如此，只愿在桃林里能如此，便好！

出世不现实，但短暂地放下红尘纷扰，寻求一方净土，又何尝不可呢？静静地待在这十里桃林，与桃花对视、对舞、对饮，醉了头顶的春阳，醉了山间的春风，醉了那颗难得的初心。

正因如此，每年桃花盛开时，我的心儿就会日日飞往十里桃林……

春来，赏花，品茗；夏来，尝桃子。欢喜不断，惊喜不断。故此，我说，十里桃林一世情。

梨白又逢清明时

四月，校园、山坡、田野的梨花开得正浓，浓得化不开。远望，一片素白。

白，素雅、肃穆之色，白得晃眼，白得不容亵渎。正逢四月，清明节。抬眼望去，对面山坡上，一处一处的素白，显得格外耀眼。

我长了几十年，去祖辈坟前跪拜仅一回。三十多年前，爷爷去世，我穿着孝衣，戴着孝帽，就连两根麻花辫发梢上也缠着白布花，一路不敢吱声，随着送葬的队伍，缓缓行走。宛如长龙的人流，头顶上都是一片白，待到主事人让我们这些孝子孝孙跪拜时，我已泣不成声。

儿时守在爷爷的膝旁，吃瓜子，要虾皮，看小人书，听故事……而今他的音容笑貌，历历在目。从那天跪在坟前开始，我就深深懂得，爷爷已随着众人身上的一片白色和坟头那一排排缠满白色纸穗的柳棍而去，永远地离开了我。那年正月，梨花还未绽放。

我那时就觉得，白色是一种凝重的颜色，重得有时令我恐惧。今生我只聚精会神地看过两次白花，接着就送走了两位亲人——爷爷和外婆。

梨花如雪，可我真的不敢仔细地看它，正如老舍的那句"我怕，怕，怕，怕有不祥的消息"。

清明节前后，梨花开得正盛。空气里弥漫着一种淡香，一种淡淡的忧伤，与春光明媚的日子很不和谐。我愿意闭眼闻花香，听风吟，睁眼看到一片片梨花飘飞，飘飞，就是不忍直视它的落下。

人，不论官居几品，财富几何，都需要记着祖先。清明节，怀着无比沉痛的心情，回到故乡，跪在祖辈墓前，将一句句追念逝者的话，一声声呼唤却无人应答的场景，一束束黄花或白花摆在子孙和先人坟墓之间的情景年复一年地呈现。少有人在坟墓跟前栽植梨树，多是松柏。

"梨"与"离"谐音，人们不喜欢分离。但凡吃梨子，都是一个人吃完整个，大人们说不能动刀子，更不能分着吃。小时候的我，并不懂得这里面的讲究，也不懂得分离的滋味，还觉得好笑，还打破砂锅问到底。

现在，我记住了大人们的交代，也"宁可信其有，不可信其无"，所以每当吃梨时，定会谨记讲究。

梨花白，亲人泪。什么时候，梨花不再是白色，那就好了。

春景无限，只因善意常在

　　几十年前，我跳上时光之船，与日月同行，日复一日，年复一年，不经意间，我已无力与岁月抗衡——青春已逝。

　　即便如此，我依然紧拽光阴这条软而柔的青藤，在上面荡呀荡。向左，看到正值青春年少的他们，我的眸子里闪耀的是自己的青春岁月；向右，见到步入中年的一些人，悄然遁世的影子。然而，我极易念旧，那些沉淀在岁月里的青涩与美好，不论我年岁几何，依然在。

　　那段值得咀嚼的青春像是带着仓央嘉措呼吸过的空气一同来过这个世界："你见，或者不见我，我就在那里，不悲不喜。你念，或者不念我，情就在那里，不来不去。你爱，或者不爱我，爱就在那里，不增不减。你跟，或者不跟我，我的手就在你手里，不舍不弃。"每次回眸，心境各异。

　　一段藤，一段情，一段故事。那些年，绿，是我们口中、脑海里迸发的数量最多的表示颜色的词语：兵哥哥着一身橄榄绿，邮递员犹如绿色使者，青春、梦想、生命、友谊之树……似乎但凡向上，抑或与人交往都会沾上绿色。现在细品，意蕴丰富呀！

　　那个年代，人与人之间关系纯粹，也都希望能长长久久，因此许多人便运用联想，想到了松柏的颜色——绿。直到后来我教学生《最后的常春藤叶》一文时，才知道曾经被我们当作软绳子的植物叫常春藤。那会儿没有太浓郁的诗情画意，现在弥补也为时不晚。

　　豆蔻年华的我，手本就小巧精致，而遇上常春藤，不免心生两分嫉妒：怎可比我的手好看？然而，任我如何生气，那藤依然兀自生长，俨然无视我的存在。后来，我就索性拿她做出气筒，揪叶子，撕掉一角，使其残缺，心理才渐趋平衡。

慢慢地，我不再那么心胸狭隘了，反倒觉得常春藤温柔婉淑，亦很内敛。她不喜讨巧，也不爱踩踏谁，只顾弯腰展示自己最美的一面。她自始至终都不忘本，无论长成什么样，都很低调，始终垂眼留恋一方生养她的土壤。

张老师家里养着一盆常春藤，长势喜人，远比其他同事养得好。我有事没事总喜欢去她家看看那株长在黑沉沉的瓦盆里的常春藤。张老师的爱人喜欢精心呵护家里的花花草草，不仅给常春藤搭上竹架，还用铁丝做了个圈，和竹子结合，想改变常春藤的生长方向。

看着眼前的常春藤，我想到了青春年代的我，执拗如她，逆反心理也极其严重。可末了，发现父母用半生的经验告诉我们的那些话都是真理，曾经的年轻气盛，对鲜衣怒马生活的向往成了我们走向成熟的垫脚石。不亲历一回，怎可知人情冷暖？

常春藤的花语跟她的名字一样，是让爱永远停驻在春天。青春永恒，是多少人梦寐以求的事情啊！女性恐老，能从容赴老的毕竟是少数，能放下家长里短、儿女私情的，或许已无法住在春天里了。

如今，我已过不惑之年，渐入知天命年龄，自然对"从容"二字有了自己独特的理解。人为努力与机缘巧合缺一不可、各有占比，方可抵达成功彼岸。容颜衰老，青春流逝，是自然规律，但这与女性追求延缓衰老并不相背离。心中之春的标准，也因人而异。

我有一个永远住在我心里的春天，温煦、无争、充满花香……这个年龄，懂得不争就是争的道理，自然不会与人面红耳赤，多半时间脸上洋溢着善意满满的笑容，和为贵，善为先。

走着，走着，心里的那个春天就常在了。那盆常春藤的颜色，也会在心里定格成永恒。也许，相由心生浓缩了丰富的人生哲理，步入中年后，少了青春年少的青涩与轻狂，多了中年女性的优雅与豁达。不为琐事烦忧，心宽体胖，自然一脸福相，也自带半世淡然。

熟人撞见，偶尔也会调侃几句：看来你活出了"春常在"的境界。生人相逢，也自会多瞅两眼。反之，遇见一张宛若枯木的脸，定然会把逢春作为期望目标。

我想说，别问彼此都经历了什么，只看对春景喜爱的程度就好。因为一个人只有喜爱入骨，才会为"春天"这一愿景而不懈努力、克服困难，调整状态，稳步走向那片属于自己的春光，微风不燥，嫩草清新，百花同春，闭目畅享蓝天下的闲事，无愁挂心头，不正好吗？

带着常春藤的缠绵，吟诵"笑那浮华落尽、月色如洗，笑那悄然而逝、飞花万盏。谁是那轻轻颤动的百合？在你的清辉下亘古不变"的诗句，那种满足自己灵魂的超然，会自你静心的那一刻起，愈来愈香，愈来愈仙，愈来愈觉得世界待你温柔如初恋！

一路幽香扑枣花

娘的外孙即将回国。她有些喜出望外，天天念叨，日日念叨，恍若时光停滞。她心里那个急呀，就像开在紫红色枝丫上的一串串枣花，密密匝匝、蓊蓊郁郁、前呼后拥，她恨不得自己就是从一溜黄绿色枣花里率先跳出来的那朵。

娘说，外孙子希希在省城上学六年，起初寒暑假还能回小城来住上几天。她自是欣喜万分，拿出压箱底的本事，给希希炸葫芦造型的糖糕，包清香围着鼻翼乱窜的糯米粽子，做色香味俱全、令人垂涎三尺的臊子面……即便如此，希希也吃不了几种改样饭，又得踏上回省城的大巴车。娘次次留憾，回回心里觉得亏欠得慌。

越是如此，娘在希希临近回来前越是心慌。做这样，他吃过；选那样，他不爱。娘患上了"选择困难症"，扳着手指头数来数去，最终想到一个极为新鲜的花样儿——枣花馍。

我听后，笑得嘴巴合不拢：娘，枣花馍不是过年才吃，怎么提前啦？岂料，娘给了我一个无力反驳的理由：什么年不年的，希希在国外吃不上中国饭，他回来就是年！

什么？希希回来就是年？

娘的枣花馍是希希专版，而此刻，我的脑中却飘来那些年跑到山上看枣花、盼枣熟、捋野酸枣的光景——

我和儿子所生活的年代不一样，我们那时候少吃缺穿，家里可吃的东西少之又少，小孩子牙齿又利，好动，易饿，但凡能入口的食物，大抵都会塞嘴里尝尝，像极了周岁前用舌头辨认万物、初探身边世界的样子，那种求知欲莫非真是与生俱来的？

我想，应该是！

带着这样的本能，尝完家里的，尝户外的。一群小子、丫头跑出院子，就跟脱了缰绳的野马、出了巢的小鸟一样，满怀新鲜感，一路飞奔，一路追赶，去探索、去触摸一个陌生的、广阔的未知世界。

我和小伙伴们跑到房后的山上，苦苦寻觅可果腹之物。虽说五六月间，山中应该有些野果子能吃了，可我眼拙，动作迟缓，早被人捷足先登，那些可食之物成了他们的囊中之物、口中之食。我长得瘦小，根本不是人家的对手，只好作罢，转头去看地坎上、山崖边开得正浓的野酸枣花，黄绿色的花朵，与酸枣叶层次分明，微风过处，淡香扑鼻，不浓不厚，若有若无，与它平凡、卑微的出身倒也匹配。

那时，我并无生活阅历，也没什么感悟，只隐隐约约感到野酸枣顽强、坚毅，生长之处越贫瘠，越能显示它的内在力量，且一直向上，从不气馁，从不叫屈，倔强地栉风沐雨，坦然接受夏阳炙烤、冬雪侵袭的强力考验，兀自蔓延，开疆拓土，成为山间一个无可替代的强劲兵卒。

赏着，看着，不知不觉忘却肚饥，身后的小伙伴嘲讽我：你们看，人家看枣花就看饱了。他们说的像是对的。

一路幽香扑枣花，哪管脚下几道弯。从山上回来，我的衣服上、鼻子里、脑海中全是满满的枣花香——一种挥之不去的味道。

到了秋季，一有空就跑山上去摘野酸枣吃。绿、红、紫红皆有，绕过尖刺，伸手摘下几粒或者更多，放在掌心，沉甸甸的，这种感觉一直沉到心里，带给我富足的快乐，在心灵最深处荡起圈圈涟漪。

拈起一粒，免洗，直接入口，酸得人上眼皮直挤着下眼皮，连一条缝隙都不留，酸爽的感觉，无以言表，随之，涩、甜暗涌而来。现在回想起来，牙齿都会酸倒，不知当时为啥能忍过去，甚至还能连着吃。

生活在艰苦岁月里的我，收获的不仅仅是野酸枣。娘的艰苦日子比我的还煎熬。她说，她像我这么大的时候，野酸枣还没变红，枣树几乎只剩骨架，冬季，枣树也会成为取暖柴火的不二之选。

俱往矣，数强韧植物尽在酸枣。而今，就算住在山脚的人，也没几个去摘酸枣了，超市里的各种枣令人目不暇接：灰枣、大枣、冬枣、青枣……不因季节而缺枣，却因枣而缺深情。

娘知道希希是在城里长大的，没见过枣花。故想做一个形似枣花的馍馍。和面，醒面，擀面，搓条，卷花，压纹，造型……每个环节、每个步骤，娘都不怠慢，一板一眼，做完一款，觉得略显单调，又想着不如再做一个程序烦琐点的枣花馍。像是细白的面粉与深红的大枣，谈了一场轰轰烈烈的恋爱，醉了月老，醉了玉兔……

希希端详着枣花馍，一脸惊愕，夸赞娘是"非遗"传承人。娘说她不懂什么传承人，只想尽自己所能给外孙做他没吃过的美食。话刚一落地，希希接过话茬，说：我还没真正见过枣花馍，今天难得一见。说完，搂着娘，送上一双曾被娘说是弯月的笑眼，眨巴眨巴。娘乐得眼睛眯成一条缝，希希笑声爽朗。

我记忆里的枣花香，伴随我从村里到山外的小城，历久弥新，深植于脑，从未退去，也从未淡出我的美好回忆，反倒让我的日子幽香不少。希希嗅到的枣花馍的香气，也必会存储于他的记忆里，成为最具烟火气的美食，成为最有温度的牵念。

念起年少时山中的酸枣花，想起"叠嶂层峦石径斜，涧溪清浅醺红霞。风尘莫谓无佳境，一路幽香扑枣花"的美诗来。其实，人的一生，谁不是在等待？等人来，等人归，等得一树青绿、红了、紫了……等待人生最初的缘分，等待一轮月圆！

第二辑　繁缕铺地一径深

人生繁华与否，可否不负年华，可否成为别人眼中的风景，这些都不重要。我们只要能按照自己的意愿，好好地活，认真地活，绽放自己，足矣！

爱意浓浓的红薯

红彤彤的茎，藤蔓状，柔柔的，微软，折一截下来，顺势剥皮，薄如蝉翼，一端吐着细白丝，略绵，虽不及棉花糖那么细腻，却很水灵，近旁的碧叶，成了陪衬。

怪不得老人说，红薯浑身是宝。

幼时，初见红薯，生的，红艳艳的，身上沾有少量的泥土，颜色略显深沉。我喜欢那颜色，不惊不乍，实实在在地出现在我的眼前，看一眼，不够，再看一眼，无论看多久都不生厌。

后来，电视里有一句广告词很出名："再看，再看我就把你喝掉！"我当时只能把这几个字放在心里发酵，一直不敢说出口，唯恐吓着了它。

我的家乡很少产红薯，为满足我的口腹之欲，父亲在猴石峪的山脚下，开辟了一方沙土地，种上红薯。

偶尔蹚水过河去父亲的红薯地里看看，见到它茂盛的模样，窃喜，恨不得一天看三回。喜欢红薯的叶子、花，期待红薯成熟，想着不久之后，我的嘴巴和肠胃就能与它亲密无间地缠绕，心里满是舒坦。来时，对眼前的红薯地充满期盼；走时，满怀留恋。

红薯是双子叶植物。实生苗最先露出两片子叶，细嫩、翠绿、新鲜、娇柔，接着在其上生长真叶。茎上每节着生一叶，呈螺旋状交互排列。叶有叶柄和叶片，而无托叶。翻看叶子，竟发现叶的两侧都有茸毛，嫩叶上的更稠密。

红薯叶的形状不一，有三角状、肾形、掌状、心脏样……我觉得心脏样的最具有亲和力，摘一片来，放在胸口，低头，垂眸，浮想联翩，好似与心上的人儿窃窃私语，缠绵难分，大致只有我们两人能听懂彼此的心语。

想着，想着，遇见了一藤红薯花开。

红薯的花儿，并非大红，而是紫红色、淡红色，多泛白，但又不是纯白。单朵或十来朵丛集一起，呈伞状花序。早晨，花儿渐次开放，晚上含羞而合，或者凋萎。

这种花儿平淡得容易被人遗忘，也许在某个角落里独自叹息。然而，你若能珍惜茎叶，凉拌一钵美味，请来绿色与肠胃做伴，获得的不只是慰藉，还有纯粹的熨帖之感。

那年，去了他家，在菜园见到密密匝匝的红薯叶，长在红森森的藤蔓上，我心生好奇，夺步向前。只见他顺手掐了一把，弃了叶，将茎秆外的红皮一丝一丝地剥掉，露出白如雪的茎秆肉，放进嘴里，慢慢嚼，嘴角微动，上翘，看来定是好吃。

从那时起，我才知道红薯茎可以吃，或凉拌，或清炒，淡香扑鼻，自然清新，空气里弥漫着丝丝甜味，不浓、不烈、不油、不腻，真的不可多得。

到了收获季，满地的红薯，斜靠着、拥抱着，姿态万千，羞赧、大方、坦然，风格迥异。那一个个红、一堆堆红，沉稳、活力蓬勃，虽外皮有尘土，却依然掩饰不住自带的光芒。

心脏形状的叶子，爱意浓浓；红色的块根，更是爱的浓缩。

大抵是红薯喜光，所以爱得坦然，爱得自然。

我喜欢用欣赏的眼光来看红薯，尤其是烤红薯，外皮干枯，发红，里面的肉松软，软绵成一条一条的模样，颜色橘黄，亮闪我的双眸，挑战我的味蕾，我对它垂涎三尺早已是常事。

红与黄，完美结合，明艳但又不妖娆，浓烈又不盛气凌人。一切刚刚好，爱意浓浓。

　　来到世间，吃得不多，但要吃舒服，还是粗茶淡饭更可口，更能从眼眸落入胃。这就刚刚好！

春日里叙白蔓

在老家,有一种藤状植物,叶片肥美、翠绿,细丝般的藤蔓,软而曲折,来来回回,缠缠绕绕,当地人给取了一个土名"白蔓"。

我很纳闷,怎么会叫此名?近察,发现它的藤蔓呈红褐色但又略泛白,故此得名。

小时候,四月间,母亲去山顶的果园干活,回家时会顺道采摘一些白蔓,装进竹篮,带下山,放在自家院中。

当母亲到家时,我会匆忙跑到竹篮跟前,看呀,瞅呀,顺手拿起一片白蔓叶子,想探个究竟。两边半圆的叶子紧紧依偎着一条深凹进去的叶脉,两侧细小的"毛细血管"对生,对于我这个第一次见到白蔓的孩子来说,这样子的叶子很新奇。我高高举起叶片,对着太阳看,叶片上的细茸毛,根根分明,透光的叶片似乎成了半透明状,颜色也淡了许多。我看着,笑着,絮絮叨叨地向母亲说着我的"新发现"。

母亲摘去白蔓的叶柄,留下一段段嫩茎和片片鲜叶,洗净,焯水,准备凉拌。我在一旁偷看,想想那可口的白蔓菜,"唇齿留香"四个字在我的涎水里、脑海里上下、来回翻腾,无法停止。

即便是焯水时在热水里,叶片也显得色泽饱满,异常水润,诱惑着我的味蕾,恨不得伺机伸手捏一撮,喂到嘴里,品味一下眼前这来自大自然的馈赠。母亲笑而不语,我吐了吐舌头,朝她扮个鬼脸,跑一边去,老老实实地等候着。

好不容易等到凉拌白蔓端上桌了。我的眼睛像长了钩子,牢牢盯着,绿色的白蔓叶、玉白色的蒜片、通红的干辣椒段，果真应了"色香味俱佳"的评语。我口中的涎水，冒出，又被我硬生生地吞了下去，重复了多次。心想：怪不得，村人在北边的山坡上摘回白蔓后，便急不可待地做成下酒菜，兴冲冲地邀请好友一起品尝。我越想就越着急，等着，盼着，待到可动筷子时，以往的矜持荡然无存，拿起竹筷，飞速夹了一筷，放入嘴中，慢嚼，细品……

一股清香顺着我的味蕾，撩拨我的大脑神经，最后停留在我脸上的神情和啧啧的赞叹声中。虽是野菜，但不带一丝半缕尘埃的味儿，空气、春风、阳光、春雨的影子，一点一点地在我的想象中慢慢浮现……

野菜风味独特，口感俱佳。亲自上山采摘，会有一种被大自然拥抱的归属感。经历过做白蔓菜的过程，又有着满满的成就感，最后再品尝春天里的一道鲜——凉拌白蔓，体验着不一样的生活，备觉幸福。

当今，人们的生活形式已经多元化。生活不只有眼前的苟且，还有诗意。远离污染，返璞归真，是多少人，尤其是中老年人梦寐以求的事。人说，去丽江是为了一场美丽的邂逅，去西藏是为了净化心灵。我想说，来到山里，采撷白蔓，是呼吸最纯净的空气，过滤内心的浮躁，静享岁月静好、现世安稳的一件幸事。

白蔓，不只是一种天然食材，更是一种饮食文化的体现，一种心境的象征。倘若有幸见到、尝到白蔓，或许，你会情不自禁地喟叹，人若能脱离樊笼，回归大自然，与白蔓一起淡然从容地面对风风雨雨，笑看日出日落、云卷云舒，何尝不是人生的一种境界？

葱也开花

大葱也开花，而且居然那么好看——我有些惊诧。

那日，同事上街，我让他帮我捎一把大葱回来。一把，也就四五根。它毕竟是作料，每次炒菜时，切上一截，炝炒，满屋子的香味，不打招呼，扑面而来，每每都让人有些猝不及防。

我是农民的女儿，在老家是见过葱开花的。那是年少记忆里的事了。

在老家乡下，大葱开花，一片白，蛮漂亮，蜜蜂也会飞来。我找猪草时，还在纳罕，葱的花不冲鼻吗？但又想蜜蜂能去，肯定是香甜的。我难以确定我的猜测有几分正确。

那个年代，花儿少，能见到一朵如此大的花，便是幸运。那花也很好看，层层叠叠的小花挤在一起，密密匝匝，若伞，又有些"针刺"，很另类。每年大葱开花的时候，我就想掐一朵下来。母亲却不乐意了，说：我等着大葱开花结籽，收籽、种葱秧呢。你摘一棵，我少种多少葱啊？我噘着嘴巴，不情愿地跑开。

乡下的野花，从没人在意，农人习惯了路旁的红红绿绿，它们兀自开放、凋谢。大葱在自家菜园子里开花，它和野花的待遇自然不同。

在我的教职工宿舍里，地上塑料袋里的大葱也开花了，这让我不得不留意它。母亲说，家有葱花，做饭香。我都不知道躺在地上的塑料袋里的大葱，何时有了开花的迹象，又是什么时候开放成如今的模样的。每天要与它打上几个照面，却从未发现此等情况。怎会如此马虎？我问自己。

葱开花了，还能吃吗？还忍心吃吗？

记得母亲有时候遇到葱开花，便揪掉花儿，葱还继续使用。我想着大葱开花后也能吃，但又不确定，干脆去查阅资料。结果显示，不能吃，可能会中毒。

我由起初的质疑，到现在的更质疑。土豆发芽不能食用，葱，莫非跟它一个原理？

葱的花败了，就结出三角形的黑籽，很坚硬，可以入药。曾几何时，我在一张药方里见到过它，它的功效颇为显著：味辛，入肾经；促进消化和增进食欲；解毒止血。

大葱，过于普通，葱花也普通，倘若遇上一颗不寻常的心，自然也就值得被珍视。我，或许就是那个它久候的人。去外面找些土来，把葱移栽在用油壶做的花盆里，浇水，先置于阴凉地，让它稳固根系，然后把它移到向阳的地方，让它与阳光亲密接触。

屋里的葱花，是一个生命，理应尊重它。我但凡有空，便去看它：六瓣，像满天星，流露出的是烟火气，还有一两分古典美。

葱花，有人赏，无人赏，又有何妨？它依然会遵循自然法则，该生长时就生长，该结籽时则结籽。岁月枯荣，冷暖自知。

人生繁华与否，可否不负年华，可否成为别人眼中的风景，这些都不重要。我们只要能按照自己的意愿，好好地活，认真地活，绽放自己，足矣！

蘩，从《诗经》里走来

> 于以采蘩？于沼于沚。
> 于以用之？公侯之事。
> 于以采蘩？于涧之中。
> 于以用之？公侯之宫。
> 被之僮僮，夙夜在公。
> 被之祁祁，薄言还归。
>
> ——《诗经·召南·采蘩》

周六，春风不燥，春阳正好，受芳姐之邀，去品食纸包鱼。三姐妹聊得欢，两小时一晃而过，浑然不觉。

我好久不喝红酒，不胜酒力，飘飘然，踩着高跟鞋，顺河堤，回家。躺到床上时，忽然想起该问候一下母亲。

昨天，我在下班回家的公交车上偶遇村里的兰姨，她告诉我，我妈前几天坐骨神经痛，她给了点药。

打电话，母亲那边却无声，我在这头问着，怕她听不见，继而我提高分贝喊了一遍，可她那边依然没声音。我又重复了一遍刚才的话，才模模糊糊地听到母亲说，她感冒了。如此严重的感冒，她满不在乎。不行，我必须立刻回家！

我火速下楼，去药店买药，然后坐六路公交车回老家。

一进门，母亲见了我，一脸欣喜，可说不出话来。怕伤胃，我让她先吃点东西再喝药。然后去村卫生所买了胖大海，加上冰糖给母亲煮水喝。

母亲喝完药和煮的水后，说是到饭点了。我说，我去做饭。她不肯，我只好陪她去厨房。

在厨房门前的小院里见到一大筐白蒿。母亲用微弱的声音说话，加上手势，说她本打算拿到县城去卖，现在嗓子失声，就不去了。

我说，那便做成白蒿麦饭吧！母亲点头。

我拿来小板凳，坐在院里，把白蒿筐放在屋檐下的阳台上，摘去老茎，留下嫩尖。择下来足足有五六斤，我乐呵呵地说，这下可以美美地吃一顿了。

拿到水龙头下淘洗六七遍，泥沙全无，装在大竹筲箕里，控干水分。

次日清晨，将白蒿切碎，拌上面粉，抓两把黄灿灿的玉米面，撒上少许碱面，揉成小疙瘩。柴火锅里水已沸腾，放上竹箅子，铺上笼布，一层白蒿疙瘩，一层面粉，盖上锅盖，围上布条，以防漏气。

灶眼里的火苗如同妖娆的舞女，扭动蛇腰，舔舐黑黑的锅底，红、黄、蓝焰争先恐后，谁也不肯让谁地钻入我的眼眸。锅上冒着白茫茫的热气，像雾，热腾腾的，里面裹着一丝两丝的甜香。

十几分钟后，弥漫在厨房里的麦饭香味把我肚子里的馋虫全勾出来了。我伸长脖颈嗅着，又抬起手腕看表。

终于能开吃了！我欣赏了许久，然后构思分享朋友圈的文案。作为一个喜好文字的人，更喜欢本真的东西，情染草木也是常态。上网查了查，发现白蒿在《诗经》里也有记录。它在《诗经·召南·采蘩》里被称作"蘩"，原本是祭祀用的。

我就在想，为何会用老的、高的、有特殊气味的草来祭祀？而且是替公侯做蚕事。几经查证，才知，蘩可以用来制养蚕用的"箔"。"召南"意指召公统治的地区。前些年，我去过同一辖区的扶风县召公镇。莫非二者有联系？带着这种猜测，我继续查阅资料——果真有关系。《采蘩》

这首诗歌，从《诗经》里走出来，走过秦汉，走过唐宋元明清，走到今天。

蘩，拥有了如此瑰丽的色彩，它现今不仅仅是一种野菜、一味药，更是一种文化——一种饮食文化，一种历史文化。

于是，我便将《采蘩》整首诗放在了图片之前，发至朋友圈。许多朋友说，我给他们做了科普。看着这些回应，我笑了，思绪忽地一下回到了小学。

那年，我患了黄疸型肝炎，遵医嘱，须采蘩食用入药。十一岁的我，只知道，它叫茵陈。说是因为去年冬天的陈根没冻死，第二年的二月才能发芽，就叫因陈，又有人说它是草本植物，索性就叫茵陈了。

时隔三十多年，我看着碗里的麦饭，想起了那蹲在河滩采蘩的情景，跟母亲絮叨起来。她笑，点头，小声说：多亏它，才让你的病好得那么彻底。

母亲没上过几年学，而我在文字里摸爬滚打多年，觉得一种草——蘩，有如此动人的故事，如此深厚的文化底蕴，怎能不让我自豪？

携着浓浓的诗意，吃一口麦饭，吟一句《诗经·召南·采蘩》。我吃下去的不是蘩，而是一种深厚的自信，一种浓郁的爱恋！

谁谓荼苦，其甘如荠

阳历四月，是一个富足的月份。行走在其中，备感满足。

午饭后散步，是我的习惯。在某处，见到成片的苦麻菜，仿佛感到一股清凉扑面而来。苦麻菜，药用、食用皆可。药名叫"败酱草"，异名"女郎花"，别名甚多，民间俗称苦麻菜。我就顺了民间的叫法。

记得，我初次识得苦麻菜时，一脸惊愕：这个野菜名好怪异。好奇或许是孩子的天性。于是，我向对门的李伯伯讨教苦麻菜名字的由来。他没上过两天学，但照样讲出了"初闻不知曲中意，再闻已是曲中人"的效果：人一生中，三起三落不到头，酸甜苦辣相伴，然而，苦却吃得少。

其实，苦，未尝不好。

苦味，可泻火、消炎。

这些年，每当苦麻菜长成时，我便要采摘一些回来。以前采摘时不戴手套，结果，苦麻菜因不忍离开大地而哭泣，流出的白色浆液沾在我的手指上，不久，沾上浆液的地方就会变成黑色。现在，我会提前给手上套只塑料袋，避免浆液染手。

手中的苦麻菜，叶狭长，平滑，中间一条黄白色的叶脉，背面看粗实，正面看凹陷，特别抢眼。两侧长着一些小翅膀，大多是对生，叶背面呈灰绿色。叶子整体看起来很讨喜。看着，笑着，满足感一点一点上升。

我将苦麻菜拿回家，择净，清洗，焯水，凉拌，格外爽口。尤其是春夏之交，抑或是炎夏，能有一盘凉拌苦麻菜，可谓神仙待遇。一口下咽，觉得消暑；两口下肚，觉得舒爽；三口下去，只觉得浑身轻松，身体的病痛和心里的烦躁仿佛渐渐烟消云散，精神倍增，妙不可言。

脚扭伤，摘些苦麻菜来，揉碎，最好捣烂，外敷在伤处，可起到消炎镇痛的作用。当年，我亲眼见父亲用过此法。

古人的生活很有仪式感，对于二十四节气有很多讲究，如小满必吃苦麻菜。《周书》记载："小满之日，苦菜秀。"苦菜，即苦麻菜。李时珍称苦麻菜为"天香草"，具有清热解毒、消炎止痛之效。

苦麻菜"无意苦争春"，却在暮春，依然成为群芳嫉妒的对象。香草无数，独有苦麻菜无香，却苦。

历来描写"荼"的诗句不少。《诗经·邶风·谷风》云："谁谓荼苦，其甘如荠。"《诗经·大雅·释草》说："周原膴膴，堇荼如饴。"《诗经》中写"荼"的有好几处，而《说文解字》对荼的解释是苦菜。

看来，苦麻菜在《诗经》里是有故事、有情怀的，受到伤害的女子吃苦麻菜不觉苦，犹如荠菜回味甘甜。在宽广肥沃的周原，吃苦麻菜也如饴糖。

"采荼薪樗，食我农夫。"在饥荒年代，苦麻菜是著名的"救荒菜"。如今，却是"养生菜"。

苦麻菜不仅能凉拌，还能清炒、炒肉、腌制，做汤、做浆水菜、做馅，正因如此，才使它备受宠爱，更具有烟火气。

俗话说，良药苦口利于病。但凡能让我们从中受益的，皆有"苦"的成分。走过几十个春秋，才体悟到李伯伯那句话的深意。

"苦尽甘来"，也是人们的美好期盼。然而，苦，是最初的阶段，是基础；"学海无涯苦作舟"，意在告诫人们遨游于知识的海洋中，想要取得真知，必须刻苦，要相信苦后必甜。

挺直腰杆，再苦依旧笑傲江湖。一种被熟视无睹的野菜，功能却如此强大，不得不佩服它。读懂了苦麻菜，大致也就读懂了人生。

菊芋，姜

众所周知，餐桌上佳肴的百味之首是盐。但也有民谚：冬吃萝卜夏吃姜，不劳医生开药方。足可见，生姜也很重要。

人生中的重要日子，也如同生姜，辛辣而温暖，入胃立马觉得暖烘烘。而在我的人生中，还有一枚姜，学名很美，叫菊芋，俗称洋姜。

一日，我和一位医生朋友谈起它。他说叫洋姜挺好，接地气，更具有烟火气，入得了寻常人家的眼和胃。

我却喜欢菊芋这个名字，因为它很诗意，想想都美，美得惊讶，美得惊艳。

基于此，我便忆起了幼年在铁路南的半坡上挖菊芋的琐事。

从地里归来，途中遇见一丛绿苗：茎，直立；叶，丰腴，叶脉凹陷，纹路清晰。叶中间的那条印痕，或许，正是它从北美洲来到这里的足迹。

花开时，远望，橙黄一片，既耀眼，又夺目；近察，花儿一瓣一瓣，朝各个方向展开，像是在虔诚地接受日光的沐浴和雨露的滋润，姿态翩然，富有生机且坦诚……

我的心异常急迫，弯下腰，徒手拔掉菊芋花秆，扒拉地下颜色较深的土壤，那土湿度刚好，手握住不散。

抖掉多余的土壤，露出浅咖色的疙瘩，外形不规则，上面布满一圈一圈的暗纹，偶有一两块菊芋的顶端还会有突起，我觉得好玩有趣。

我为这突如其来的收获而感到惊喜。于是，顾不上许多，拽下花茎，两只手攥紧菊芋，来回抹几下，将大多数泥土蹭干净，或者用树叶擦拭，或者找溪水清洗，或者在衣襟上擦几下，然后用牙齿一点一点地啃掉外皮，露出莹白如雪的瓤肉，贪婪地享受菊芋的鲜美。菊芋微甜干绵，水分不多，吃起来"咔嚓咔嚓"，声音清脆，搅得人心痒痒。

那会儿并不觉得年轻牙齿好，也不觉得"自制音乐"悦耳，而是一门心思地享受菊芋的口感。那时还唯恐那丛菊芋被人发现，每次路过，都多刨一些拿回家。它的分蘖能力极强，年年挖，年年挖不尽，真是取之不尽，用之不竭。

为了生活，我不得已离开家乡，也离开了那丛菊芋。

前不久，我闺密给我提来一包腌菜，打开一看，是菊芋。我忘乎所以，竟然惊叫：哇，是菊芋！

菊芋？她问。

我知道她对这个名字陌生，赶紧告诉她，就是洋姜。她笑而不语。我大体猜到了她的想法：一块普通的洋姜，亦能生出些许诗意来。

其实，生活就是如此。若能平中见奇，生活自会泛起圈圈涟漪，用一双惺忪的眼睛，抑或是醉眼，看待朝夕相伴的日子，定会觉得如一首诗。

片片藿香情意浓

藿香，认识它，纯属偶然。

几年前，我同县羌学会一起去徽县作协交流。当地文友泡的藿香茶，令我念念不忘。

时光浅浅，岁月悠悠。转眼四五年已过，我没有打听到在本地可以摘藿香叶的地方。但喝藿香茶这种念想，被高挂在光阴的门楣上好多年。

某日，大脑灵光一闪，网购似乎无所不能，不妨一试。嘿，还别说，真有卖藿香种子的商家。货比三家后，果断下单。

藿香种子还在路上"走着"，我趁空赶紧做足功课。播种期、播种方法、管护注意事项……我一一熟悉，恐有疏忽。

盼呀盼，等呀等，终于入夏，可以考虑播种藿香了。将种子与土拌匀，洒上水，置放于阳台窗沿下的阴凉地。慢慢地，它长出绿绿的嫩叶，密密匝匝，花盆逐渐显得逼仄、局促。我心想，泡茶时，先掐去少许叶子，待其长大，再视情况移栽。

嫩叶渐长，泡茶更好。一水洗茶，二水泡茶。泡茶时，在玻璃壶里放入洗净的藿香叶，加入一勺盐，冲入沸水，切莫摇晃。数分钟后，端起玻璃茶壶倒出茶水即可。芳香浓郁，沁人心脾。

我端着茶杯置于鼻子前，闻数秒，醉人的香气，让我沦陷。藿香叶，在水中时上时下，像极了尘世间的沉沉浮浮。光阴遇到藿香茶，好似也慢了下来，让我有时间品读、深思、体悟，从而，愈加淡定、沉稳、从容。

品一口，呼吸着空气里流动的香气，一股清香，淡淡的，从唇齿、喉咙，舒服到胃，惬意无比。一种清凉之意弥漫开来，融化了夏的浮躁、夏的热气，果真有《饮茶歌诮崔石使君》中的"一饮涤昏寐，情来朗爽满天地"的意境美。

藿香叶，呈圆尖形，长得挺快，像月里娃，见风长，一天一个样儿。我曾听过一个让人潸然泪下的故事：

在久远的古代，一位名叫藿香的姑娘，有一哥哥，可他婚后从军，家里仅剩藿香和嫂子，姑嫂相处甚欢。夏季，一日，嫂嫂患病，头痛恶寒，浑身无力，伴有恶心症状。藿香得知山里有一草可治此病，告知嫂嫂后，便独身进山采药。不料，遇蛇被咬，年幼的她再无力寻找抵抗蛇毒的药草，只拿着能治嫂嫂病的草药艰难地回到家。

藿香进门扑倒在地，用微弱的声音，告诉嫂嫂此草可治疗她的病。嫂嫂见状，想用嘴吸出蛇毒，藿香执意不肯。嫂嫂大声喊叫，惊动邻人，前来帮忙，可蛇毒已深入藿香体内，郎中也爱莫能助。

嫂嫂悲痛万分，将此草命名为"藿香"。以此纪念藿香姑娘。

传说听起来是凄美的，但我喜欢，里面含有报恩的意思。从此，藿香被人记住。如今，庭院、阳台均有人种植藿香。藿香花开，自是一道绝美风景。筒形穗状花序，一串串，美得惊艳，美得令人窒息，配上绿叶，果真独特。

山里，藿香花开时，芬芳数十里，引得彩蝶翩翩飞。山风来，紫莹莹的花儿随风摇曳，柔美、温软。在喧闹已去的傍晚，静听风与紫花轻声呢喃，也别有情趣。

藿香，无名贵之花的气场，浑身散发出来的香气，是来自它的五脏六腑，来自它的骨髓——那是奉献。一物，一人，因了精神，会使自己自带能量、自带光芒，从而受人尊敬。

盛夏，繁星如织，仰望星空，寻觅凉意，泡一壶藿香茶，惬意无比。

那日，我在家煮鱼汤，将要出锅时，丢入三五片碧绿的藿香叶，鱼腥味渐无，同时增鲜不少。

藿香，是多年生草本植物，跟其他野菜一样，冬来，根死；春到，又生。因此，摘叶，凉拌，亦不错。农人最有福，第一个尝鲜。

便捷，高效，好似是这个时代的代名词。故而就有人创新，将藿香制成藿香正气水、正气丸、正气口服液，来缓解三伏天中暑的症状。

藿香，与世无争，带着浓情厚意，携着舍我其谁的精神，满载诚心诚意，将人间正气留存！

女郎花，巧目盼兮

女郎花，随春而来，走过夏秋，落入冬。

仿若面条的叶子，日渐被冷霜浸染，边缘有了些许浅褐色，却依然风姿绰约，昂首奏响一曲人间颂歌！

女郎花，形似曲曲菜。味微苦，有降火、活血的功效。春夏之交，园中采摘归来，放入竹簸箕里，择净，清洗，焯水，凉水浸泡，沥水，拧干，拌上葱姜蒜、干红椒小段，泼热油，放入盐醋搅拌，清香四溢，带着泥土的芬芳，直奔鼻翼。

大抵是因为喜欢这种浑身带着大自然气息的野菜，自然就对女郎花多了几分特别的心思。

暮秋，我在校园里漫步，一朵明黄的花儿，跳入我眼帘，我揉了揉近视的双眼，伸长脖颈，凑上前细察，果真是一朵花，闪耀的、明亮亮的黄颜色，成了草坪上最抢眼、最夺目的点缀。

看呀看，发现它的花瓣和叶儿模样相似，细条，如粗线，柔柔的，十分温婉。我的大脑里闪过这句话：纷杂尘世间，繁华依旧，爱恨情仇事事休，弹指刹那，只余我，浮世清欢，一世情长！这花儿，在清冽的秋风中，脉脉含情，唯恐负了谁的一世情长——风的，秋的，还是我的？

女郎花，分明是在等候缘分里注定相遇的那个人。它不戴红，不穿蓝，偏偏头顶一朵金色花儿，熠熠闪光，那么高调，那么明艳！

医书上说，女郎花可化腐生肌。我想，它入药的那一刻，粉身碎骨，只留得爱意和善良在人间。它用悠悠岁月，凝炼精华，最终愈合人间伤口无数。此时，它更像一首扣人心弦的恋歌。

　　岁月深处，女郎花巧目盼兮，不愿时光凋零，不愿此生留憾，等候那个与它十指相扣、同数繁星的人，等候的或许是花和草，也或许是风和雨……在秋夜，它与你相拥清辉。

　　静默的时光悄然而去，满心的期盼在深秋里微微发颤，无痕，不知哪一个黄叶铺满地的日子，才是它欣喜的时候。

　　今生的际遇，似是命中注定，纵使诠释不了两情相悦、星河相思，却愿守住流年里的这一份明媚，由内向外，绽放着和秋一个颜色的金黄，成了它们许多个日夜的期盼。

　　女郎花，是一朵有故事的花，不是叱咤风云的主人公，也不是惊天动地的大神仙，就是秋日里的一抹风景，一种静好！

　　女郎花，是一朵有姿态的花，不是垂头丧气的落败者，也不是攀附他人的青藤绿蔓，就是秋风里的一种悠然、一种沉醉！

　　女郎花，是一朵有高度的花，不是平铺于地的小物种，也不是大如雨伞的芭蕉叶，就是秋雨中的一株透亮、一种恬静！

　　人说，女郎花的叶、茎、根都是在苦水中浸泡过的，泛着彻头彻尾的苦，不如索性叫它苦命花。我看不是，它藏苦于胸中，精彩示人，告诫人们：吃得苦中苦，方能在属于自己的天地间绽放一片精彩，带给周围一片明亮！

　　苦，亦是甜。

　　女郎花，巧目盼兮！精彩自来！

一路红，揉成醉意点点

暑假，我的时间我做主，回到娘家，在房后的菜园边上采摘野菜——马儿菜。

这种叫法，我是从母亲那里听来的，我也一直这么叫。直到有一天，我把它的照片发到朋友圈，大家说它学名叫马齿苋。

它的茎秆呈圆柱状，多分枝，血红色，颜色沉厚，或平卧，或斜倚，伏地铺散；枝是淡绿色或带暗红色；叶片互生，扁平，如耳，肥厚，倒卵状，也似马齿；叶柄短粗，看起来很憨厚，与坊间流传的福相颇有几分相似，更入眼。

看着它的憨态，觉得宛若酒后双颊泛红之人，不禁心生爱怜。可禁不住它的诱惑，最终还是在察看许久后，采摘些许，放进竹筐里。

带回家，倒在木盆里，加上清水，用竹筷轻轻搅动，洗去茎秆上的脏物和泥土，五指合拢，抓起一把，置于簸箕里，待控干水分，准备摊煎饼。

一小把一小把地取来马儿菜，放在木案板上，刀切，一刀挨着一刀，细细地切过去……

虽说我不忍切碎马儿菜，可是美味不等人，只能将心一横——切下去。即使我切的速度再慢，也不到半根烟的工夫，马儿菜便碎了一案板。兴奋、心疼、无奈……各种感觉汹涌而来。

用葫芦瓢盛出些许面粉，倒入搪瓷盆中，双手掬起马儿菜碎末，撒在面粉上，用筷子搅拌均匀，再缓缓注入清水，一圈，两圈，顺一个方向搅动，成了面糊，素白、暗红、淡绿，或隐或现，或沉或浮，倒也另有一番趣味。

平锅中放入少许油，保证不粘锅即可，舀起一勺面糊，均匀布在锅中，若有漏点，端起平锅两侧的"耳朵"，前后左右轻摇慢晃，便可均布，堪称完美。再次将其放置于火上，小火慢煎，泛白，表示表面已收缩凝结，略等数十秒，然后拿锅铲翻面，同先前一样煎即可。

煎饼上的马儿菜散发着最自然、最纯朴的香气，后味有些麻。我暗想，应该叫麻儿菜更恰切吧。想归想，吃归吃。调汁水蘸着吃，滋味更好。

马儿菜煎饼吃着不过瘾，我便选择凉拌。在葱、姜、蒜、盐、醋、干红辣椒的搭配下，更有风味。吃着，享受着；享受着，醉着。不知不觉，酣畅淋漓。

听村医说马儿菜还有清热解毒之功效，同时对血管很好。我想我"瞎"喜欢，竟然找到了一块宝。

我偏胖，平时锻炼不多，血管韧性不佳。吃了马儿菜，竟能改善我血管的韧性，这误打误撞的效果令我喜笑颜开。

暑假几十天一晃而过，抓紧在娘家吃马儿菜的时机，摊煎饼、凉拌、清炒，都是不错的选择。

它身上的暗红惹我喜欢，这种醉我心的红，使我重新审视了它。茎秆一路红，点点叶片，揉成了深深的醉意，不论哪种吃法，皆舒坦、惬意。

有心栽花花不开，无心插柳柳成荫。曾经不太在意的马儿菜，在这个暑假，正式进入我的视野、我的菜谱，进驻我的生活。

捡来的宝，不一定不好。比如这马儿菜，如酒，醇厚，热烈，余味悠长。

繁缕铺地一径深

正月，回了老家。

老家有一习俗，记忆中是从爷爷辈传下来的，但断断续续，记不太清楚。邻人今年又提起，我才忆起。

其实，正月初七食用七菜粥的习俗早在两汉魏晋时就有，南方人忒喜欢，后来慢慢传到北方。

父亲说：我从族谱上看到，咱家本是长安人，唐末至明初来到现在的居住地。至今，家里还保留着长安人的一些生活习惯，尤其是庆祝节气的仪式感，但凡与忆苦思甜、感恩祖辈、祈福等有关的礼仪，均不可少。

我能记事时，就听爷爷讲过七菜粥的事。七菜粥，顾名思义就是用七样菜熬成的粥。其中，繁缕是主角。其余的六种菜，抑或是半菜半草：稻槎菜、水芹、鼠曲草、荠菜、蔓菁、萝卜。

随着人们生活水平的提高，七菜粥中使用的那些野菜的品种得到优化，多由栽培蔬菜代替了。无论如何，主角不可换，否则，七菜粥便失去了神韵，没了灵魂。

主角繁缕，李时珍在《本草纲目》里的解释颇为形象："此草茎蔓甚繁，中有一缕，故名。"这一缕，就是繁缕茎中间的维管束，颇有韧性。因此，我采摘繁缕时，喜欢用手去捋、去拽，外皮虽会破裂，但里面的一丝一缕，依旧坚守着最初的模样。

由此，我想到，离人转身，断然离去，少了挽留的感觉，少了情感的延宕，自然也缺了彼此的恋恋惜别。古人，长亭送别，潸然泪下；折柳赠别，希望对方能留下来。即使客人非走不可，也会"主人下马客在船"，一起下马，一起上船，饮酒，饯别。而今日时兴的送别，情味显得寡淡。

正月初七刚过，繁缕便快速生长起来。叶茂，幽绿，叶柄长，匍匐向前。花繁，细碎，素白色，却隐藏着美好。

曾经，繁缕从餐桌上跌进了禽畜的食槽，它们较喜欢。软嫩，汁甜，丝滑，爽口。几十年后，繁缕再次跃上餐桌。嫩时，可炒，可凉拌。

不管旁人待繁缕如何，我喜欢它。因为，繁缕与我有故事。

当年，它帮我很快盛满竹篮，给我腾出玩的时间。现在，我走到田垄、路边、地头，偶遇繁缕，都会驻足留观。心里有种莫名的感觉上下翻滚，曾经的过往，像电影在脑海重现。

老家的房舍，多半已新盖，唯独灶房还是陈年旧屋。门前几平方米的地面依然是土地。靠着二叔家那边的围墙根，长了几丛繁缕，我蹲身，注视数分钟，还是掐了尖，准备洗净下面条。好久没吃过繁缕了，想念它的味儿。母亲说：现在城里人吃得越来越稀罕，连"草"都吃，过去那是没啥吃的，现在又不缺吃少喝。

在县城住了近三十年的我朝母亲笑笑，说：妈，怎么说我在农村也待了十多年啊。你看，这是最天然、最健康的野菜。没打过药，没有催熟剂啥的，全凭老天，像当年我爸种的大白菜——吃起来，放心！

是啊，走在超市、菜市场，买菜提心吊胆。西红柿外红内硬，绿菜无一个虫眼，豆角全是直溜溜的……相较之下，吃最"野"的菜，其实最安全。

给母亲说道完后，我不禁哑然失笑。

像繁缕一样的野菜，一生，不知能遇见几次。缘多缘少，遇见了，就理应珍惜。善待自己，也善待它。

鱼腥草

古人云："生湿地，山谷阴处亦能蔓生，叶如荞麦而肥，茎紫赤色，江左人好生食，关中谓之菹菜，叶有腥气，故俗称'鱼腥草'。"

小侄女很可爱，她转告我：姑姑，我妈请你来我家吃饭。

弟媳妇是四川人，喜吃米饭。到了她家，四个菜已做好。我坐享其成，心里偷着乐。其中，三道家常菜是自制香肠配青椒丝、红烧肉、土豆丝，还有一道菜我的确不认识，品相有些陌生，甚至感到"恐怖"。弟媳妇告诉我，此菜名叫鱼腥草。

弟媳妇鼓励我尝一口，我心里还是有些畏惧，但又跃跃欲试，几经劝说，才"壮胆"夹了一小口。鱼腥草的叶子在我的竹筷上摇摇晃晃、颤颤巍巍，像蝴蝶振翅，欲飞。我观其架势，心里暗自祈祷：赶紧掉下来，赶紧哟！可它像是和我对抗，虽摇晃数次，但终究还是牢牢地稳在两根竹筷间，一直摇到我嘴里。

我吓得嘴唇都不敢合拢，更不敢咀嚼，两个腮帮鼓起……我母亲说我口粗，不刁。我小时候爱吃米饭，母亲和我开玩笑说：将来给你找个四川老公，跟着吃米去。后来，她又说：女儿啊，我看你忒好养活，有一口吃的就行。可我今天，却如此这般挑食！

是我口味太单一了吗？或许是！

我生长在北方，弟媳妇在西南长大。鱼腥草是她家当地的一种常见食材，也是便捷的中草药，亦草，亦菜，又是药。所以，她喜欢它。而我，平生未曾接触过鱼腥草。于我而言，单就那一股鱼腥味，已着实让我胆怯。

　　我平时吃鱼，也未曾闻见过这么浓烈的腥味。我越想越害怕，越害怕越不敢下咽。碍于情面，就权当吃药，铆足劲头，咀嚼起来，忍着，咽了下去。一连吃了几口，总算适应了点。

　　后来，去她家吃饭，又逢着几次她凉拌鱼腥草。吃着，吃着，竟然还上瘾了。溽暑天气，一两周不吃像是不行，因它清热解毒，我心里会备觉踏实。

　　也许，因川、渝、云、贵等地湿气大，对于湿气过重的人来说，吃鱼腥草有一定的缓解作用。我生活的北方小城，气候偏干燥，我之前自然就没吃过鱼腥草了。不过，近几年，邻县的一些菜贩经常背一些鱼腥草到小城来卖，时不时地买上一把，回家再把我和弟媳妇在小城居住的日子念起，细细咀嚼，感悟到许多、许多……

　　惧怕，只是自我躲避的心理暗示。栉风沐雨，方可快速成长。世间没有谁注定就是第一个吃螃蟹的人，可有时是没有选择的。放手一搏，也不是一定不好。

　　当你走过那段艰难、困惑的日子，回首来时路，会觉得自己很伟大、很优秀，不由得会说，原来自己也可以俯视恐惧和那些不可能。

　　吃鱼腥草，虽是一件小事情，却蕴藏着大智慧。一生中，边走，边悟，边提升，有朝一日，自会紫气东来！

诸葛菜

农历二月，开始有野菜活跃在乡间农人的饭碗里了。现在，城里人也开始关注野菜了。

中国人吃野菜的经验相当丰富。相传三国时期，刘备的部队人员充足，吃饭就成了头等大事。诸葛亮分管军粮和赋税，为此愁眉不展。一日，他碰见农人，见他们吃一种野菜，嚼得很香，便上前打问，才知这种草叫"蔓菁"，可当菜吃，叶、茎均可食用。若有节余，还可晒成干菜，或者做成腌菜，待冬春青黄不接时食用。

诸葛亮觉得这种草浑身是宝，人畜的粮草问题定可以靠其解决。于是，他下令让士兵自力更生——种蔓菁。从此，这菜就与他有了关系，后人称其为"诸葛菜"。

在许多地方，大家也叫它"二月蓝"，因它生在农历二月，花是蓝色的。还有人称之为"二月兰"。这样素朴的名字，倒也具有了很浓郁的乡村气息。它不挑土壤，落地就生根，深受人们喜爱。

不得不说，现在的烹饪方法远远多于三国时期。民以食为天，吃得可口，已成为最起码的味蕾需求了。

采摘诸葛菜的嫩尖儿回家，洗净，浸泡除去苦味，拌上玉米面或麦面，蒸熟，浇上蒜汁，柔软可口，又不失野菜的乡土气息、大自然的气息。于是，想起了季羡林老先生在他的《二月兰》里这样写道："我在燕园里已经住了四十多年。最初我并没有注意到这种小花。直到前年，也许正是二月兰开花的大年，我蓦地发现，从我住的楼旁小土山开始，走遍了全园，眼光所到之处，无不有二月兰在。"很少有人赋予诸葛菜文学色彩，季老做到了。他的描述让我眼前一亮。

花，紫白相间，一经和风吹拂，便将内心的美好凝聚，露出笑靥，一朵、两朵……或许是一夜之间，花儿就会开成百朵、千朵，漫山遍野，一片花海，何等壮观！

诸葛菜绿了、紫了、干了、枯了，年复一年，无私奉献，只求人间处处有温暖。它也未因自己做出贡献而居功自傲，而是一直保持谦逊、质朴、低调的姿态，默默无闻。

二月，穿行在山中、公园、街道，与诸葛菜邂逅，切莫一晃而过。凝神静气，与它对视，抑或私语，皆会感受到惬意，连呼吸的每一口空气，亦会弥漫着从未有过的清新与素雅。自己的心，也能得到短暂的休憩与宁静。

我曾猜测诸葛菜里有苦味定有药用价值，后来发现自己蒙对了。我心中窃喜。

我的体态日渐丰腴，唯恐心脑血管病找上门来，便将诸葛菜凉拌、炒制或者做馅，不仅味道不错，还可以降低胆固醇、甘油三酯，它可谓是天然良药。

良药苦口利于病。有时，我必须向诸葛菜看齐：吃苦，低调，无私，谦逊，质朴。有朝一日，也会绽放出美丽的花儿来。

紫花苜蓿

年，刚过。春，莲步轻移，悄然而至。迎春花，星星点点的黄，点缀在未披绿衣的山上，如蝶，姿态翩然。

女人们三三两两爬上城郊的月亮湾，蹲在地里掐苜蓿。一点点冒出来的绿，像是女人们心尖上的兴奋和欢喜，捂了一冬，这会儿，可以尽情释放。女人们仿若一匹匹脱了缰绳的马驹，蹦蹦跳跳，喜形于色，来到这片绿原，放飞心情，游目骋怀，笑了，乐了，心旷神怡。

原来女人们年后的小欢喜，来得这么猝不及防，而又如此生动，令她们笑逐颜开。她们望着各色塑料袋里的苜蓿，笑得更灿烂、更舒心！

掐回来的苜蓿，趁着新鲜，焯水，加上蒜片、花椒粒、干辣椒凉拌，一抹芬芳，扑面而来，空气里弥漫着淡香，裹着地里的泥土味、苜蓿地的空气、苜蓿的清香……前呼后拥，热热闹闹，我渐渐沉醉在这清香里。

娇嫩的苜蓿，成了小城人餐桌上必不可少的春季时令菜。现在的人越来越注重养生了，自然钟情于苜蓿这种野菜。

同事雪对苜蓿爱得很深，但凡烧汤、做面条，都会去校园操场边上的花坛里，掐几把苜蓿回来，经清水煮熟后，捞出来即可食用，不放任何佐料。她说，这样才原汁原味。

苜蓿掐一茬，还会长一茬。清明一过，苜蓿老了，就吃不成了。

在乡下，用老苜蓿做牛饲料，最佳。可是，若善待它，给它多浇水，多掐尖，保证能吃两季。

苜蓿开花时极漂亮。不浓不艳、不大不小的紫花，远望，梦幻般，恍惚、迷离。

母亲喜欢苜蓿花的颜色。自小，家穷，只能忍着喜好。后来，嫁给父亲，有点钱都给我们三个孩子花了。如今，母亲渐渐老去，我碰见了好看的苜蓿花颜色的衣服，不必问她，直接买给她。

母亲格外高兴，看了一遍又一遍，抚摸许久，慢慢给我讲述深植于她脑中的关于苜蓿花的故事……

苜蓿花的花语是希望与幸福。那一朵朵紫花，一片片绿叶，在风中摇曳，摇过经年，在时光的罅隙里年复一年地分蘖，扩大规模，积攒希望，成就紫色的原野。

一次，在乡下，见到了村人做苜蓿菜团子、菜疙瘩，算是让我开了眼界。出了农院，走在路边，一农人正忙着拿新鲜苜蓿叶止痛。我很好奇，凑近看，原来是将掐下来的苜蓿揉碎或捣碎，敷在蜜蜂蜇伤的地方。据说，苜蓿对蛇咬伤也有治疗功效。

高手在民间，此话不假。农人长期生活在田间地头，积累了丰富的经验。苜蓿嫩时，摆入自己的菜盘；老时，牛吃。叶，可食用，可做外用药；根，可移栽。

张骞出使西域，带回苜蓿。几千年的时光积淀，使它承载了许多传说，也寄托着每个朝代、每个人的殷切希望——明日会更好。

正因如此，苜蓿迎着风雨，不低头，不懈怠，笑对日日夜夜。风雨过后，彩虹自会来。踮起脚，触碰阳光，幸福指日可待！

韭花为媒

菜园里,她和孙女割韭菜。

里面有些韭薹已经长得过老,掐不动,顶着一朵白伞花,在风里摇曳。孙女说,那朵花漂亮,可拿来做项链、戒指。

她惊讶不已,竟也如此纯真?

孙女将韭薹和花儿一并折下,然后半厘米折一下,但不让其完全断开,连着外面的一层绿皮,再向右轻轻拉一下,依次重复。一绿一白,留下韭菜花做项链坠子。

两只手轻轻放在自己脖颈上,在后颈窝里搭接"项链"搭钩。享受自己手作的喜悦,在田垄、地头、园子旁的路上欢呼雀跃,仿若一只蝶,翩翩飞舞,美得简单,美得纯真。

她看着,想着,忆着,眼睛模糊了……

六十年前,她和他经人介绍认识,还没来得及谈一场轰轰烈烈的恋爱,结婚就被父母提上了日程。

第一次见她,他就被吸引:十七八岁的年纪,在地头跟着大人干活,一对黛色眸子扑闪扑闪。他在县城,城镇户口,被人羡慕。

第二次见面,她正在地里采韭菜花,说要回家晒干,或做菜,或看花。他见她怀里抱了一大束韭菜花,衬得皮肤更白。他越看,她越害羞,两朵红云漾在脸颊,好似娇艳的花儿,衬得她更可爱,更美。

他在心里暗想:非她不娶。但,不敢露声色。

她依然低头采韭菜花。

他走过去帮忙。突发奇想，用一枝韭菜花做了一条项链，圈在她的脖子上，笑而不语，她把头深埋于胸前，蓦地转过身，跑了。

很快，她做了他的新娘，那条韭菜花项链，她放进一个报纸糊的纸盒里，也带来了。

他说：就随手做一条项链，你还保存得这么好。

她笑而不语，依然把头埋得很深。

老张，你还记得，当年那条项链吗？

你还记着？

她有些惋惜，要是能有一个什么办法，让那项链一直不干枯，不会断，就好了。

那已经变成干褐色的韭菜节，缩成一团，完全看不出来原来的模样。盒子，换了一个又一个，现如今躺在一只木盒子里，伴他们一起走过六十个春夏秋冬。

这是你六十年前亲手做的韭菜花项链。她递给他一只木盒子。

他没想到，她竟然能把它保存得如此完好。

她望着他已然变得混浊的眸子，深情地说，金店里的任何一款项链，都不及它珍贵。

他抚摸着木盒子。过了一会儿，他揭开盒子，看着里面放着的韭菜花项链，一节一节，长长短短，颜色深深浅浅，倒也好看。他流泪了。

她也流泪了，一瞬间，又笑了。暖暖的，美美的。

韭菜，割一茬，长一茬。韭菜花，一年只开一次，在八九月。天热，心暖，一暖就是一辈子。

他懂她，六十年。她有病，他照顾；他干活，她陪伴；她做饭，他洗碗；他发呆，她说笑话。

简简单单，却很快乐。一台老式电视机，一对旧式沙发，两杯茶，说说笑笑。日子在不经意间，伴着她的歌声、笑声飞出院子，飞向田野……

菜园没了，他去集市买韭菜专挑带韭菜花的，但从来不做韭花酱。有时，专要求菜农给他带回有花的韭菜，叮嘱人家，一定要夹在韭菜里面，千万不可只把花掐下来。别人问他原因，他也不说。

只有他和她知道，要韭菜花做什么。

她说：遇见你，真幸福！他捧着木盒子，只说：韭花为媒，你是我用韭菜花娶回来的！

她病得很严重。他不哭，颤颤巍巍地做了一条韭菜花项链，放到她的跟前。她面带笑容，走了。

珠玉圆润，五味齐来

身处秦岭腹地，此处崇山峻岭，层峦叠嶂，蓝天白云，流水潺潺，鸟鸣雀欢，可谓天然氧吧，令人心生羡慕。在这里，自有珍宝。

深秋，各色树叶、果实，尽展妖娆，山体如水粉画，色彩明艳、鲜活、蓬勃。虽时短，景色却美不胜收。悠悠然，欲辨已忘言。

在树林边缘、山沟的灌木丛可见五味子，红褐色的藤干上缀着一串串红似玛瑙的圆珠子，一颗颗，很诱人，色泽明艳，水灵灵的，宛若姑娘的脸庞，讨喜，有一种吸引力，使人情不自禁地驻足，紧挨着它，自觉惬意。

我喜欢五味子圆溜溜、晶莹的感觉，偶见一层白霜，那也是最自然、最无公害的包裹。行走在世间的我们，有时也正如五味子，用一层似霜的物质包裹着自己，却难明辨这层"白"于人于己，是福还是祸。

曾几何时，我和霞从校友变成了同事。她做了缝纫班的代理教师，而我却带着一群小男生和红砖、白灰打得火热。

霞喜欢把手中的布，剪裁成一片云，或一片彩霞，她说她喜欢姹紫嫣红的生活。那个时候，我真羡慕她，可以把美丽的心情，寄托给布、尺子、剪刀。

她却告诉我，有时候，她依然会觉得那些布做成月牙包、女装后，显得单调、呆板，跟自己心愿相悖。

她心灵手巧，会在一块布上大做文章：要么用彩线绣出一个五彩缤纷的世界，要么用各色布头粘贴成百花齐放的图画，要么用彩珠缀成人间四月天……

她有一幅用彩珠缀成的图案，完全吸引了我，它太独特了。我不解，问她这是什么。她让我猜，可我连猜几种植物，都被否定。我有时是个打破砂锅问到底的人，全然不顾惹她烦，只想知道眼前这是何种植物。

我如此执着，她不忍见我焦急，才揭晓答案——五味子。说实在的，我住在古城里，加之父母说我是女孩，一般不准我随意上山、入林，还真没见过五味子藤蔓。

那晚，霞和我抵足而眠，她说，她家房后就有五味子。我的眼前立刻浮现出了五味子红艳艳，悬挂在藤蔓上的情景，颗粒圆润、饱满、新鲜，令人垂涎三尺，有一种想伸手去摘的冲动。我洗耳恭听她述说着她和五味子的故事，唯恐漏掉一字一句。听得入神，觉得她就是五味园中织锦、织彩霞的那个神仙——彩霞仙子。

这么一联想，我不禁咯咯笑起来。她叫宝霞，她能织出五味园中的"串串红"，如同天边的彩霞一样，成为世间稀有之物，自然就是宝贝。

我把我的想法和盘托出后，她竟不好意思了，脸上飞起两朵红云，低头不语。顷刻，她起身，翻出压在箱底的用红珠缀成的五味子图案的那块布，一遍一遍地抚摸起来。每抚摸一颗珠子，似乎都在讲述一个关于五味子的故事。

她又不语，只顾深情地抚摸着，忘情地回忆着……

生活如同五味子：酸甜苦辣咸，不管哪种滋味，皆是对尘世之事的不同理解，绝无统一答案。为此，行走于天地间的我们，即便身处大山，若活得如通红的五味子，也颇有意义！

第三辑　更饶深浅四般红

　　看着，悟着，也是一件幸事——被人聚焦时，选择低调；无人在意时，却绽放得恣意。

　　事常知足心常乐，人到无求品自高！

花语，心语

1

夏天的某日，我回到了老家，在铁路护坡上，见到了几株蒲公英。叶子浅绿，一簇簇叶片中间竖起一朵形似伞的黄花。绿黄相间，在阳光下愈发显得精神。

黄、绿，这两种色彩，属于自然界里顶亮眼的颜色，亦最富有生命力，我本身就很喜欢。它们彰显了活跃，吸收了日月之精华，接纳了许多地气。

所以，在我眼里，蒲公英就如向日葵，那么夺目，那么有力量。即使到了白絮飘飞的时候，那也是莫名的飘逸舒坦、惬意满足，还骤增几分陶醉。

儿时，经常手持蒲公英的长茎，逼着娇嫩的它，流出一点点纯白色的"眼泪"来。它也许没那么多的想法，只是不愿意离开绿叶，但我噘起嘴巴，轻轻地凑近白色的绒球，慢慢吹起来，便有许多的小伞飞舞，我追随其后奔跑。跑出了多远，全然不知，只是喜欢那种飘逸的感觉。

遗憾的是，季节总是在交替，过了夏日，蒲公英便不再露脸了。冬日，多了几分萧瑟，枯枝败叶随风摇曳，没精打采。

在这样的日子里，总免不了对夏日的蒲公英充满惦念。在记忆深处，它总能带给我美好的时光、儿时的快乐。可是只存于脑中的蒲公英，让我觉得不过瘾。

有次我在朋友家见到墙贴，心念一动，竟然有这么好的办法，可弥补心中的缺憾。

功夫不负有心人，商店售卖的新款墙贴里就有蒲公英。我兴奋，凝神注视许久，最后果断下定决心：请它回家！

我把它贴在了客厅、卧室。每每躺在它的怀抱，宛如在绿茵地毯上斜躺；每每抬头，总与它的清新、温馨相遇。

周围有许多的花儿相衬，还有几只彩蝶飞舞。仿佛闻香识途，亦是寻求路径。这一静一动，有主有次，渲染成了一幅浑然天成的风景画。生活在其中，好似生活在有灵气的风景中。

完全是释放心灵。推开窗户，让外面的冬阳趁机钻进来，沾点光。冬阳像是看到了我陶醉其中，细细看我半天，然后发现了墙上的蒲公英。脸上也绽放出更为绚烂的笑容，和我一起欢乐。

我临风，沐阳，神思飞扬。不禁顺口抒怀：冬阳暖进我心怀，美妙心思谁能猜。蒲公英不求收获，宁愿粉身碎骨，也要入药，以救治病人，解除其痛苦。

或许，它沾了几分禅味，才能有如此高的境界。我取来红酒，斟上一杯，晃悠几下，酒杯上映出了墙上浪漫、恬美的蒲公英。它像是猜透了我的心思，绽放出迷人的笑脸。

我被深深吸引，这次感慨声稍大了点：风吹浪漫入斗室，旋舞飘然美妙时。举杯相邀蒲公英，开朗遍布此宝地。只恨我翰墨肤浅，难以描绘这胜景。然即便如此，也不能弱化我对蒲公英的钟情。我再次举杯相邀，与它共饮浪漫。

2

芳香飘飘，粉瓣片片，娇柔素雅，静美惹人怜。

曾记否，樱花旁，我着一袭白长裙留念，翩然暖心怀。

悠悠岁月多少载，却对你情有独钟。如梦似幻，荡漾心田。

每逢春来，我便一路狂奔，来到樱花树旁。静看你的容颜，美如玉环，娇似西施，不妖不艳，不媚不俗，不浓不淡。

远望，团簇似锦，分外清新。调皮的姑娘掀开了春帷，露出笑脸，你着一袭粉色长裙含羞而来，渐次绽开，转身回眸，一个曼妙的身姿浮现，让我心迷醉。

好多年前，我正值青春，囊中羞涩，却不惜重金，留下你的倩影，还添上自己。我着一身白裙，宛然与你静守：恬然、清新和淡雅。

如今，回想，那是我萌发的爱恋，恐惊于你；那是我用心的呵护，还你一方纯粹；那是我追求的素雅，不愿玷污你半寸。

曾经几回，在梦里目睹你的容颜；曾经几回，拿着与你的合影痴痴发呆；曾经几回，将你的身影在我心里重现……

往昔，奔波于两座楼之间，将你珍藏，至今从未忘却。偶有一次，春将至时，我立即奔向花园，想一睹你的芳容，可却未见粉红的你，我心中不免失望。

那日起，我便日日前去，却依旧如昨，无功而返。但终究，樱花会如约开放，那是一个粉妆的世界。

我静守在你的对面，手捧书卷，却无心阅读，而是在悄悄品读你的心语。偶有微风拂过，你已有些飘逸，抛起水袖，翩翩起舞，片刻过后，我便心醉。羡慕你舞春，羡慕你舞美，羡慕你舞情。

粉色樱花遭春雨嫉妒，一宿便让你容颜消殒，散落一地。但就在最后，你仍旧把美丽留给了我们。空中，你洋洋洒洒含笑而去，舞姿优美无人能及。

飘啊，飘啊，随风也随意，不知飘向何方，落到何处。你把绚丽带来，再把美丽留下，洒脱离开。

"化作春泥更护花"。你不卑不亢，与世无争，用香瓣装饰了这个世界，用粉妆装饰了梦境，用舞姿装饰了人们的眼睛。

你们落在同一片地面上，相视而笑。在短暂的时光里，你们从相识到相知，从相恋到相爱，从相依相伴到爱慕至死。演绎的不是闪婚，是执着的爱。四目相对，眸子里镌刻着"执子之手，与子偕老"。

次日，看你香消玉殒，落在地，清风拂来你却又旋舞，不禁佩服，也有几分伤感。团簇也美，散落也美。含笑而来，含笑而去。

我心生爱怜，顿然回首，望尽花瓣路。你带着雨后的晨露，带着泥土的芬芳，悄然，低调，选择默默离开。我的眼角湿润，蹲身，小心翼翼，捡起地上的花瓣，放在鼻子前闭目细嗅，一种伤感油然而生。

寻来一方绸绢，将你轻轻包裹，捧在胸前，包好捏紧，缓步回家。挂在床头，温馨丛生，香气染斗室，一时兴起，便给居所取名为"芳香花事"。

每日回来，都可见到你。

爱，深爱。

冬日，见不到你的香瓣，只能抱着你的躯干，再次与你相伴，闭目，想象：春燕呢喃，春风轻拂，春雨缠绵……明春，我与你相伴。

在你跟前，我用肩膀托起一把小提琴，琴声悠扬婉转，与你同醉……

墙根，有花

东城墙根，是我们年少时常去玩耍的地方。

姑娘天生喜欢花。那个年代，家穷，买不起花。有了大自然的馈赠，我们自然欢喜。得空，就偷偷跑到东城墙下看花，恨不得一日看三回。花，很多，有名的、无名的，姹紫嫣红，美不胜收。

田旋花、牵牛花、太阳花……采上一朵，别在发间；或者摘上两朵，做成耳坠，挂在耳后，任其摇晃；抑或扯下一两片花瓣来，贴在额头、鼻尖上，扮成花公鸡……互赏，互看，笑声不断。

大人们不知我们悄悄结伴出去做啥，说：大热天，胡跑啥，在屋里凉快一下不好吗？疯丫头！我们才不嫌热，朝他们吐一下舌头，再相视一笑，然后，一溜烟，跑了。

殊不知，有花的墙根更凉快，更可心！

谁也拽不住光阴。一晃，我们都已是大人。可我的爱花情结有增无减。小区后门正对着的毛石墙墙根有顺势垂落到地的蔷薇花。恰巧，我站在楼上，看得颇为清晰。常常忙完后，便要去窗前赏花；下楼时，有意去后门，目的就是看花。

墙根，花。让我陡然想起"墙角数枝梅"的意境来。花，攀爬与否，并不重要。关键是，只要墙根有花，那个芬芳数十米、醉人心脾的情景，让人过目难忘，久而久之，自会入心。

世界如此广袤，生活的世界却如此渺小。我们每天都在透支着情感，包括对花草、对往昔的情感，余额越来越少。偶尔，给情感世界充值，使能量骤增，或许，能让我们的生活更有质感，心情更愉悦。

我们生来不是为心甘情愿地取悦谁，但，若能取悦自己，定是满心欢喜。

在客厅的墙角、老家的院墙墙根、篱笆前都种植些许花草，于常人而言，多半已是精神愉悦的标配。不问出身，不论身份，不分贫富，有花的墙根，一定花香如故，一个个微笑里也会浸满花香，每一次的呼吸都带着花香。而未曾身临其境的人，想想也会觉得，有花的墙根，颇有诗意。

雨天，墙根。滴滴雨落，落在花上、叶上、花下泥土中。阳光下，朵朵花儿朝朝暮暮相伴，未曾想过凋谢会是怎样的境况。

花，终究谢了。去哪儿了？

来看我了。花，开在我的心上。心里有花，四季芬芳，又怎会惧怕一个严寒冷冬？

有了花的滋润，心，自带芬芳。与人友好相处，自然没了敌意，少了粗暴，多了温馨，多了善良。

若人人如此，世界自会芬芳，自会温暖如春。

墙角，有花。

心中，有花。诗意，暗涌。抬眸，遥望远方，若有所思：

素年锦时，诗和远方，离我们很近、很近……

一抹浅紫，相约窗

午饭后，按照惯例，在操场散步。

秋风微微，不冷不热，我和雪老师走在水泥路上，享受时光静好。

一簇簇浅紫，在风中摇曳，多情，旖旎，素雅……即便不相关的词语用在此时，也不矛盾，谁说小花不可有自己的情感世界？

秋天，渐行渐美，云淡风轻，秋实累累。彩色的季节，昆虫音乐会此起彼伏，时而如茫茫草原上的风儿，清扬、悠远；时而如山涧潺潺的溪流，低吟、浅唱……

深浅不一的绿，随时间开始消殆，欲把这个秋，悲凉掉。白露过后，一场秋雨一场寒，四处都沾上了丝丝凉意。

陌上花开蝴蝶飞的日子，已换成了"万山红遍，层林尽染"，文人墨客笔下的悲秋图进入开启卷轴的模式。然而，我却对操场跑道外艾蒿丛里的点点淡紫产生极大好感。

近看，原来是山菊。紫色山菊，是清浅时光里的一点素美。丝丝花瓣裹住一点金色花蕊，有些"阳春白雪"的味道，但也很有烟火气息。细察，它虽素，但素有素的模样；素在色，紫色，不浓不淡，刚刚好，清雅，韵味悠然。

风来，菊动，摇曳了秋日。蓝天下，它自顾自地绽放精彩，旁若无人。

我忍不住要表达出心中的欢喜才舒畅。弯腰，前倾，伸手，采撷，一朵、两朵……一束花，长长短短、高高低低，自然分布，外围是一个圆，凹凸的轮廓好似花瓣，里面是花，外面还是花，花的海洋，花的心情，花的日子。

一路欢歌，我进了宿舍门，洗净醪糟瓶子，接上清水，随意把这束花插进瓶子，再散开，又是花的造型，与全身粉色的电脑相伴，顿然有一种小清新的感觉。可就在我猛地抬头的一刹那，觉得窗明几净，过于清闲，这瓶淡紫色菊花，若能加上两朵明黄的野花，放在赛雪的窗台上，那会更美、更和谐。

风儿透过纱窗入室，窗台上的花儿柔柔地轻摇曼妙的腰肢，顶上的花儿微动，一动一种美，一颤一种韵。

时光如水，每种花心中都有自己的憧憬和梦想，以相约、相恋到和美。一抹淡紫，跃上窗，爱上秋阳入纱窗的美，恋上静美的岁月，带着丝丝微笑。向阳，迎风，皆是一种美的姿态。

以前，我只是愿意在路旁、郊野看野花随风左右舞动，看它们在如盖的高空下自由生长，却从不愿意采撷，哪怕一朵，说什么都不愿意。可是，这次却破例。

见过黄菊、白菊、红菊，大而满，一层层、一丝丝，觉得这类菊更适合庭院，或者说待在大户人家，体现"傲霜"的筋骨，把一种气节、风骨淋漓尽致地表现出来。

去年，在地里干活，也见过野菊，遗憾的是，只是一朵，孤零零地在风中摇摆。我反倒同情它，没有伙伴，没有温暖，甚至觉得它生得不是地方，挤在水泥地板和草坪搭界的缝隙里，任凭怎么生长，都看不出它会爱恋头顶上那扇窗。

时隔一年，原本认为不可能的事情还是发生了。离我窗户较远的紫山菊，最终经过我的"撮合"，找到了我的窗台，身处其中，自带温馨。

晚上，灯光下，一抹紫，暗了点，却依然站在原地，恋着窗。我把蓝色的窗帘往菊花跟前拉了拉，让花瓶站在帘子下沿上。

有了窗帘做背景，这一抹紫，又暗了点……最终，还是觉得——一抹紫，跃上窗，最好！

山中读菊

经年风景里，有大家闺秀的格调，亦有小家碧玉的韵味；有阳春白雪的浪漫，亦有下里巴人的质朴；有花开富贵的雍容，亦有漫山遍野的闲情。有一种随性，叫作闲适；有一份恬淡，叫作静雅。

生在北方小城里，每到秋日来临，心中便有一种期待，要去户外山野里赏菊、读菊、品菊……

1

深秋将临，天气自然凉爽了许多。久居室内的我，不由得想探出脑袋，寻觅外面的精彩。住在山里，别有一番乐趣。

许多人喜欢硕果累累在枝头，也有些人喜欢在秋风里染醉的意境，而我却更钟情于山中的野菊花。

山中的野菊花，虽无大家闺秀般的典雅、温婉，但也可人。闻着菊花的缕缕淡香，顺着弯弯曲曲的路径，经过一个多小时的攀爬，我终于到了半山坡——满目的多彩菊花，令我欣喜不已。

我站立许久，迈不开步伐，蹲身，轻嗅，似乎要把这满坡的秋菊，一枝不剩地揽入怀。顷刻间，花儿齐动员，将我连拖带拉地拽到了花海中。这会儿，我早已是眼花缭乱、目不暇接了，金黄色、浅紫色、粉白色、淡黄色……刹那间将这个秋，装点得如此绚烂醉心，左顾花瓣沁香，右盼姿态万千。

一时间，好像其余的花草都不存在了，留下来的仅仅是野山菊。置身于这野山菊的浪漫氛围里，真有一种花仙子的感觉：百媚千红，独爱这一种！野山菊，长在山中，不为名利，不为权势，只为求得一方安宁和自由。

2

想当年，陶渊明隐居赏菊采菊，写下了脍炙人口的佳句"采菊东篱下，悠然见南山"。后来，便有了隐士爱菊一说。

别的花，在这个季节凋谢；别的果子，在这个时候成熟。你，却在这个季节摇曳，姿态万千，与世无争，平静得出奇，在漫山遍野里笑对风雨，笑看流年。

在斑驳的时光里，你年复一年地把秋天的故事重述。我换上裙裾，依旧来到你的身旁。你虽无尊贵的出身，却从不为博得他人的好感而哗众取宠。

那一朵朵、一片片，或紫，或白，或黄，不管颜色深浅，皆是一种独美，一种奉献。这种坦然的奉献，让阳光更为绚烂，让青春更加蓬勃。

来山中和我一起赏菊吧！欣赏它不拘一格的独美。从表层到深层，从感官享受到理性认识，皆是不错的选择。净化心中的污垢，还一个原原本本的真我。

既然来了，不妨一起坐在山中的石桌子前，煮茶对弈。抱来一块大石头，放上木质棋盘，食指和中指夹起黑子或白子，凝神思考，决定进退。

菊茶的淡香，淡远而飘乎，不打招呼地乘着秋风，钻进鼻翼，沁入胸中，这便是一种豁达、超俗和惬意……放下茶盏，拾起折扇，缓缓起身，面向山菊，轻摇几下，吟诗作对，不负流年不负景。

"邀来好友坐山中，赏秋品菊乘清风。临桌对弈香茗旁，淡定堪比神仙洞。"我也许是受了野山菊的感染，竟然也随心随性起来了，不管格律之平仄，只顾心情之舒畅。放眼望去，这些野山菊，似乎也沾满诗意，将摇曳的身姿幻化成诗行，随之和起。我因此而受启迪——人生无求品自华。

如水的思念，促使我再到秋天的原野漫行。一簇簇素白，一丛丛金黄，一颗颗诗心，一缕缕墨香悄然蔓延。金色的野菊，在秋天的梦里，铺天盖地。

花的温婉，弥漫成风景。是风，总会荡起涟漪；是梦，总是描摹纯情；是你，一朵野性的山菊，总要在秋色的山峦留下别样的风情。

这样的和谐之美，也是一种淳朴的美，幽雅的美。

信手撷来一朵，装在花瓶里，那是一种高洁淡雅的纯美。真心感谢秋季里独美的使者——野菊花。

3

身处大自然，忽觉自己非常渺小。做几个深呼吸，吸进去的是一种淡淡的香，心也安，将尘世里的不愉快忘却，望尽繁华路，还是觉得眼前的野山菊清心。野山菊无拘无束，淡定从容，追求一种低调和含蓄。

该放下的就放下，别背着包袱行走。或许，野山菊早就悟出了这条人生真谛，所以一直是挺直脊梁，笑迎风雨，忘记"脆弱"两字的模样，淡定地经历晨露秋霜。

秋骄阳，碧云天，花黄一片。几个孩童在其间，追逐嬉闹，将这一片静谧重新组合，动静相衬，成就美景。何景能及？

大雁南飞时，你在丛中笑。远比燕剪春光、蛙鸣夏梦、梅点白雪更具有包容心。时下流行一个词组——"低调的奢华"，你正是如此。外表不大红大紫，内心一点也不冷漠空洞，达到了"腹有诗书气自华"的境界。

林清玄说："因为有爱，生命的进程既不是偶然，也非必然。"我想，野山菊也大概是如此吧。

月光下，煮一壶茶，放上几朵野山菊，可散湿清热，平肝明目，自然可以更心旷神怡地看野山菊，看世界。私以为，菊花茶是很温和的，坐在月光下的院子里，临风品茗，倒是很有情调的。老早就给院子的菜园边上，请回来几株野山菊，只待静品这秋山盛华。

几人能看透潮起潮落、花开花谢？大都在变着戏法自我陶醉、自我迷恋罢了。

我今天能见到野山菊，或许就是一种缘分。野山菊芳百里馨，我追寻许久，才见到了胸怀如此豁达的君子。你不会借助高山、悬崖衬托自己的高度或者威仪，仅有一片土壤追随着便好。

野山菊，可以送人吗？我说：可以。送给那些有君子之德的人，便是一面镜子，助其正衣冠；送给有君子品性的人，便是一本儒家经典，助其陶冶情操；送给有推己及人之胸怀的贤士，便是一种气度，助其关心天下百姓。

秋风飒飒，菊香飘飞，沁心醉魂。今夜难寐，我在想，野山菊如此坚毅，莫非是神灵转世？我还需去那许愿石前起誓吗？我愿内化野山菊之品性，将蝇头小利置之身外，敞开胸怀，容天下之事，看天下之人，入君子之列。

敢问众君安好否？何惧寒风折劲枝。野山菊，你傲骨依旧，昂首在秋阳下、秋风里、秋雨中、秋霜间，不改的是你的容颜、你的品格。用心品读你之后，发现红尘中的我，那么卑微，那么不堪一击。

我愿与你同行，将你"凌霜盛开、西风不落"的精神发扬光大，一代又一代地传下去……

花开正月润新春

1

前不久,我去给老师拜年。在二道巷吃完饭,回来的路上,看到一群人将路围得水泄不通。我也好奇地凑了上去,原来是一位老者在卖花。一株株绿油油的植物,在葱葱茏茏中展示着笑脸,那么招人喜爱。

后来得知,那就是绿萝。

曾记得,同事宏有一盆绿萝,长势喜人,不禁让我爱怜。然,当时我只有观赏的福分,没有拥有的权利,让我徒增不少遗憾。这次,我可不能在机会面前犹豫,准备买上一盆带回家。但老师说:你还要办事,多有不便。我只好带着遗憾离开。

两天后,老师买了盆绿萝,托人捎给我。从此,绿萝就在我家扎根落户了。

早上,我从被窝出来,推开卧室门,丝丝绿意,清而爽,跃上我的眼眸。我匆匆跑到了客厅,看着眼前放在茶几上的绿萝,眼里立刻泛起了兴奋。

它长着像小孩手掌那么大的叶子,叶脉深陷,两侧叶子对称。最诱人的是,它那泛着光泽的叶片,像是有一种潜力从体内迸发出来,势不可当。

我注视绿萝许久,感叹道,人啊,就得像它,不管遇到什么问题、什么苦难,都要用一张笑脸、一种底气,迎接晨昏。

它就是一丛绿的集合，并不开花。据说它能吸附室内的有毒气体。我每每站在它的跟前，都要做几个深呼吸，恨不得把体内所有废气全部呼出，置换成绿萝身上的清新。

是啊，细看我们忙碌的日子，会有许多尘土附着在我们的衣服上、心田上。趁着正月放假，我放下手头的事情，坐在沙发上，凝视着眼前的绿萝：婀娜多姿的身躯，将一腔柔情倾注在茎蔓……它不是一般的绿，它绿意盎然、生机勃勃，它不依不附，自顾自生长着。

那精神头，好似欲顶破天花板，冲向云霄；那柔中带刚的气势，化作绿而茂密的叶子，柔美但不攀附，清新但不媚俗；那刚柔并济的气质，化作外柔内刚的茎秆，有个性但不张扬，果敢但不消沉；那顽强生存的能力，化作水陆两栖的本领，分蘖但不分形，分家但不分神。

我细细地观察绿萝，然后用手去掐了一下茎秆，发现它的确有着一些韧性，并不是一掐就断，而是柔韧得很，这或许就是不愿意分离的表现。可我还是狠心地掐断了几片长势较好的叶子，放到水瓶里，想检验它的水生效果。

一周过去了，我发现花盆里的绿萝竟然愈加精神，水瓶里的几片叶子也长了一些。将水瓶置于冰箱顶上，和茶几上的母株遥相呼应，使得客厅富有生机。我坐在沙发上，看着它们，感觉清心无比。

"神清气爽"这个词语用在此处，恰如其分。绿萝，你终于来到我的身旁，那就一起迎接新春的到来，一起笑看云卷云舒，一起静观花开花落……

2

正月初一是新年，我习惯性地到客厅去打开推拉门。

刚走到客厅，就因一股淡淡的香气怔住了，不禁自问：这是啥香味啊？这么淡雅！我静气凝神地觅香，目光最后落在了绽放的水仙花上。

我走上前去，凑近细嗅，果真是它发出的香味。我趁机贪婪地闻几下，绝不会辜负此刻降临的芬芳。

在独享之后，我才想到要共享。于是，我喊醒儿子，一同欣赏盘中素白的六瓣花，金黄的花蕊，翠绿的叶……

记得前两天，我为了让这水仙花的盘子更具有美感，去小区围墙外捡了一些白石子洗净，放入，使盘内水面升高，将水仙像洋葱一般的鳞茎半边泡在水中。

或许，它被我的精心照顾感动，竟在正月初一这天绽放了。

俗话说：新年新气象。这水仙花，给我带来了不一样的感受：今年我要扬眉吐气，像它一样开着素净的花朵，散发淡雅的香气。如诗如画的意境，缓缓流淌在客厅。此刻，我宛若步入天庭的花仙，步履轻盈，笑靥恬然，举手投足间散发出一种优雅，一种淡然自若，一种闲逸……那淡淡的花香，弥漫了整个房间，沁人心脾。

水仙花的花语有很多。我养的是纯白水仙花，它的花语是陶醉。莫非今年的日子会让我陶醉在其中？

此时无声胜有声的心境，远远超过那么多的祝福语。如此美好的祝愿，默默地在水仙花香里流淌、蔓延……

宋代黄庭坚大为咏怀："得水能仙天与奇，寒香寂寞动冰肌。仙风道骨今谁有？淡扫蛾眉簪一枝。"水仙花索取甚少，付出却不少。它仅仅需要一杯清水和充足的阳光，便可以开出具有冰肌仙骨的花。宛若凝脂的花瓣，犹如小钟的花蕊，仿似宝剑的叶子，都能彰显它的风骨。

关于水仙花，亦有一个凄美曲折的传说。相传有一位靓丽而性格坚强的姑娘，东海龙王要娶她为妾，她至死不从，龙王便将她囚禁于莲花丛中，只留一泓清水。久而久之，她变成了一株婀娜多姿的水仙花。也由此传说，世人便称水仙花为"凌波仙子"。

水仙花深受众人喜爱，备受清雅之士的钟爱，不畏强力，不畏权势，宁死不屈，只为保留清白在人间。

文人墨客咏叹水仙花的诗词也不少。透过一首首感怀之作便可看出，他们很是敬慕水仙花的高雅之行。梅兰竹菊各有韵味，然，水仙花能在寒冷的冬季绽放，能在初春早早地来到人间，使得有梦想之人以水仙花为楷模，发奋努力，使得君子之行得以大力发扬，使得人们学会蔑视困难，昂首阔步向前。

我伫立在案桌前良久，轻嗅其香，细品其韵，感受那种超脱俗世的心境。数分钟后，感觉我的身心像是被洗涤过一般，浑身轻松了许多，像是抖掉了身上、心上的重重尘埃，找回了一个原原本本的我。体会到水仙花的高风亮节，这是一种深入骨髓的反省，亦是一种对自己人生境界的考验。

朋友也说我家的水仙花开得可真是时候，花开有好运。我曾经在风雅的边缘徘徊了许久，踟蹰不前，直到今日在水仙花前顿悟之后，决定一如既往地向高雅之境行进……

窗外的小雨依旧淅淅沥沥地下着，如丝，如线，湿润着干涸的小草，清洗着空气中的尘埃，至此，我不忍辜负老天的厚爱，将阳台的窗户拉开，把水仙花端出去，让它也和我一起感受"春雨润无声"的静美。

3

今天是正月初一，按照年俗，要去爬高，意味着今年"占高头"。我一觉睡到了八九点，下床打开卧室阳台，远望，发现竟然下雨了。这场春雨来得正是时候。忽然，一阵夹带着湿气的清风顺着纱窗扑面而来，驱除了我的懒意，让我清醒了许多。我伸了一个懒腰，做了一个深呼吸，这下舒服多了。

移步来到客厅，准备打开客厅的推拉门。就在这个当儿，案几上的风信子，红红的，映入我的眼帘。我疾步跑到跟前，求证所见是否真实。玫红色的风信子果真开放了，别具特色，像松果，一个圆锥状的造型，碎小的花瓣重叠在一起，增加了立体感，显得柔美，显得妩媚。

　　或许是迎来第一场雨，或许是今年第一次见到这盆风信子开花，我的心情舒畅了许多。为此，我特意给自己科普，完善关于风信子的点滴：风信子，多年生草本植物，鳞茎球形或扁球形，有膜质外皮，外皮膜呈紫蓝色或白色等，未开花时形如大蒜。叶呈狭披针形，肉质，基生，肥厚，带状披针形，具浅纵沟，绿色有光。

　　风信子的花语：胜利、竞技、喜悦、爱意、幸福、浓情、倾慕、顽固、生命、得意、永远的怀念……我选的是红色的风信子，它也有对应的花语：感谢你，让我感动的爱，你的爱充满我心中。它也有象征意义：只要点燃生命之火，便可同享丰富人生；忘记过去的悲伤，开始崭新的爱。

　　看着眼前的风信子，我倒想起了那个很有趣的传说：英俊潇洒的美少年海辛瑟斯和太阳神阿波罗是好朋友，而西风之神仄费罗斯也很喜欢海辛瑟斯，但海辛瑟斯总是更喜欢阿波罗且经常和他一起玩乐，仄费罗斯常为此吃醋。有一天，海辛瑟斯和阿波罗正兴高采烈地在草原上掷铁饼，恰巧被躲在树丛中的仄费罗斯发现了。仄费罗斯心里很不舒服，想捉弄他们一番。当阿波罗将铁饼掷向海辛瑟斯之际，嫉妒的仄费罗斯偷偷地在旁边用力一吹，竟将那沉甸甸的铁饼打在海辛瑟斯的额头上。一时之间血流如注，这位英俊的少年也因此一命呜呼了。阿波罗惊慌之余，心痛地抱起断了气的朋友叹着气。海辛瑟斯的伤口不断地涌出鲜血，落到地面，流进草丛里。

　　不久之后，草丛间竟开出串串的紫色花，阿波罗为了表示怀念，便以海辛瑟斯之名作为花名，我们则直译为"风信子"。

人在经历了许多大起大落的事情之后，回首往事，会觉得曾经发生的一些故事很值得怀念。风信子，就适合我这种喜欢怀旧的人，它让我想起儿时的生活，想起恋爱的日子，想起刚参加工作的时候……总有一种思绪在心底涌动，将一种味道仔细咀嚼。也许，到了我这个年龄，本身就喜欢怀旧，往事的一幕幕如同放电影一般，在眼前闪过。或心花怒放，或欣喜万分，或悲情哭泣……这一切留在了脑海里，永远不会也不曾抹去。

　　这红色的风信子，依旧在素白的花盆里绽放，将这个素色的花盆装点得更漂亮。别看它个子不大，却很努力，最终也能绽放艳丽的花朵。它那种努力向上的劲头值得我学习。我也是个子不大，也希望能成为这红色的风信子，让世界更富有色彩，让我的生活更有厚度、更有品位。

　　……

　　我将阳台的窗户拉开，把绿萝、水仙、风信子依次端出去，让它们也和我一起徜徉在新春吉祥中。

　　或许，这样我便能和它们融合在一起，感受新年头一天的喜悦、幸福，于我而言，或许这就是祥瑞。我要学习它们只要有生存空间就会绽放美丽的精神，慢慢实现自己的梦想。若干年后，回首时也会嫣然一笑，因为我和它们一样，努力过，奋斗过，精彩过……

茉莉独立幽更佳

夏。微凉。

临近小暑节气，却丝毫没有感到炎夏的热烈，似乎平添几分遗憾、几分失落。长裙一直都穿在身。

一周未回家。周五下午回到家，打开房门那一刻，一股浓郁的香气令我猝不及防，几乎让我打了个趔趄。

这种感觉，让人有些招架不住，不免诚惶诚恐。

屋子之外还有屋子。

世界之外还有世界。

飞快换鞋进屋，冲向阳台，追本溯源。

曾经叶枯枝朽的茉莉花，如今，旧貌换新颜——天赋仙姿，玉骨冰肌，且绽放在这个盛夏。

白色塑料花盆里仅有的三根枝条朝不同的方向疯长着，俨然没有淑女的模样，前端几乎要贴上瓷砖地面。枝条柔柔的，软软的，若藤，一直站在那里，四季更替，亦未能动摇，日复一日，年复一年，依旧如此。风儿，穿过窗纱；雨儿，飘进阳台；七色阳光，照在她——茉莉身上。

等呀等，盼呀盼，日日如此，天天如此，仍不见花开的迹象，不见花儿的踪影。我心想，她不会开花了，只会和身旁的非洲茉莉一样，以树的姿态站立。然而，这迟来的素净，迟来的精彩，终究还是来了——花开仲夏，我心欢喜。

近看，叶，碧绿；叶脉深陷，长长的一条纹路，从叶柄到叶尖，似乎没有刻意说明什么，又似乎想留下途经尘世的痕迹，每个脚印连成线，便成了走过的路。

我像是只识得回家的路，也确实习惯了那条路上的安静，对"熙熙攘攘"这四个字，并不敏感，也不留恋。

我很宅，也很少请人来。

在家，几天不下楼，也是常事。有文字做伴，有阳台上的花花草草相陪，觉得日子如花，如诗，亦如茶。

听古筝曲，喝白茶，偶尔也会顺手拿起另一种茶叶来泡。闲来无事，取只小红桶，用小木勺舀上点水，一点一点，给茉莉浇水，底盘超出花盆直径几许，添上不多的水，潮潮的，润润的……再过于精细照顾的活儿，我也无力做到。

伴睡的人，叫不醒；长在盆里的花，忽已醒。曾经绿豆般的模样，不经意间，已成过去，却和今日她激情绽放的模样相逢。

纯白，凝结着时光里的静雅和美好，不纷不扰，不浮不躁，自顾自地优雅，旁若无人又无事般享受岁月美好。

宋代杨万里抒怀："江梅去去木犀晚，萱草石榴刺人眼。抹利独立幽更佳，龙涎避香雪避花。"我词穷、脑空，只能钦佩杨万里赞茉莉花"独立幽更佳"的深远意境。

花，不败。采三两朵来，放入茶碗，和茶叶一起，沏一壶热茶，捂一会儿，压住茶碗盖，将茶水沥入茶盏。

花与叶相逢，何等美妙！原来这种自制的茉莉茶如此精妙！

她，独立；她，幽静。我来与不来，她风采如斯。

茉莉花，和她的花语一样，纯白、亲切。想着，嗅着，闭目享受着，一寸光阴，一种美景，一种心情。

生活，或许是花，抑或是诗，皆因心情。我喜欢花草，更喜欢文字。

这会儿，与茉莉花为邻，更觉得生活如诗，更优雅；用文字煮花香，会感到藏在胸腔内的那颗心，更安静。

茉莉花，她在，我心更静，我的文章更优美。

看着，悟着，也是一件幸事——被人聚焦时，选择低调；无人在意时，却绽放得恣意。

事常知足心常乐，人到无求品自高！

格桑花，只为触摸你的指尖

在我印象里，格桑花当在青藏高原昂首挺立，与蓝天白云相依相伴。

如果去西藏，我一定要躺在草原上，看高空如洗，净得不容一丝亵渎。似棉花的云儿，软和极了，让人一见，就想做回孩童，闭目，贪婪呼吸空气中似泛着的甜味，几经不舍，才缓缓舔舐一口，仿若找到了它的灵魂。

然而，我只能把这种奢望印在脑海中。目前，我还不具备入藏的标准体质。

格桑花就这样，拒我于千里之外，似乎有些残忍。

心心念念的格桑花，突然开在眼前！我有些惊诧，眼睛瞪得溜圆——她来得有些突然。

在消灾寺脚下首次与她近距离谋面。多色的她，正值盛放，风过处，她微动，依旧挺立。当时，我心里蹿出一个想法：莫非格桑花都与宗教有关？

格桑花是西藏的原住民。藏语里"格桑花"意为"幸福花"或"美好时光之花"。如此深情、朴素的花名，寄托了人们的希望和祝愿。

传说，某年，西藏突发重瘟疫，各部落头领束手无策地看着藏民们倒下，泪流满面，捶胸顿足。恰有一高僧途经藏区，便以当地一种植物当草药，治愈了许多藏民。然而，他却因过度劳累，不久便圆寂了。藏民想纪念他，可语言又不通，只能把他常说的"格桑"二字拿来作为这种植物的名字。

格桑花的生命力极其顽强。不知道仓央嘉措是否曾偶遇格桑花。他说：转过所有经筒，不为超度，只为触摸你的指尖。如此深情的想法，注入痴念，伴着格桑花，被世代藏民歌颂。

格桑花由西藏传到我国大西北，带着美好，带着吉祥如意，来到我们身旁。

去年，去刘家庄采访，在林麝山庄也巧遇格桑花。哦，她已入了寻常百姓家的庭院。

前几日，去陈仓北源农庄，又见到了格桑花。一下子，我欣喜万分。顺口感叹：有土壤的地方，有人的地方，就有格桑花。我伸手轻轻触摸了一下她的花瓣、叶片，软、柔、温和……

格桑花给我的启示是：内心强大，外表温柔，方得始终。

朋友婉儿，长得一点也不温婉，但凡认识她的人，断然不会给她贴上"淑女"的标签。一日，她找我喝酒。我想着老友来访，怎么也得给个面子，就爽快答应了。

她带着很重的心事来与我喝酒。她的丈夫，带着别的女人出出进进，宛若夫妻。她那时在家带孩子。末了，他提出离婚。她哭得撕心裂肺，但毫不挽留，当场签字。

她带着孩子，租房，走过近十年。后来，他要走了孩子。她哭了，也就是和我在一起的那日。

聊着，聊着，她的手机亮了，屏幕上是一枝迎风生长的格桑花，同时闪烁着两个字：宝贝。

她接完电话，说是孩子想回家。我听罢，替她高兴。她这里，才是孩子的家。

窗外的雨，毫无征兆地下了起来，她拿着手机，跟我说，喝完这杯，回家！

想着她手机屏幕上格桑花的模样，我若有所悟：她就是一朵格桑花，

111

在浅浅时光的罅隙里，满怀希望，等候孩子来触摸她的指尖。

想到这里，我笑了，她也笑了，喝下那杯红酒。

我望着她的背影，轻轻地说了句：你们之间只有一朵格桑花的距离。

请勿忘我

六月。某日，闺密来学校看望我。我说，晚饭后，出去转转。她默许。我们下了公寓楼，去往操场，围着操场跑道散步。

你知道这叫什么花？她只顾看着花儿，没抬头看我，但在考我。

我心里不确定，一脸茫然，抬眼望着她。勿忘我！她说。

这三个字，从别人口中出来，和我在书籍中见到，是不同的感觉。然而，今天，此时此刻，我一脸惊讶。原来，仅存于我想象中的勿忘我长这个样子。

花，五瓣，蓝莓色；叶，油绿，细长；蕊，橙黄，圆形。颜色搭配属于大自然的经典——对比色，醒目但和谐。

花名很有特点。有人也叫它星辰草，觉得这个名字听起来浪漫、富有诗意。但我宁愿就叫它勿忘我，更有人情味。

关于勿忘我这一名字，还有个美丽的传说：上帝给所有的花儿取名，结果忽略了一种不起眼的小草。它有些失望、落寞，忙提醒上帝：勿忘我！谁料，上帝索性顺嘴说：这就是你的花名——勿忘我。

全国各地的文人墨客，喜欢用"勿忘我"这三个字描摹爱情，使男女恋情更有一种诗意、朦胧和神秘感。

久而久之，勿忘我就成了"花中情种"。人们赋予了它美好的寓意：请想念我，忠贞地希望一切都还没有完，我会再次归来给你幸福。

有传说印证了这种永恒的爱。一位德国骑士与他的恋人漫步在多瑙河畔，忽然，骑士见到水中有朵蓝花极漂亮，便伸手去摘，不料失足掉

113

入水中。水流湍急，任凭他如何奋力，也无法上岸。他在生命最后一刻把花儿扔给恋人，自己被水带走了。临走前，喊了声：勿忘我！她为了纪念骑士，将这朵蓝花一直留存，以此显示她对骑士真诚、永恒的爱。

想到这里，我觉得我也是幸福的。闺密与我相伴三十余年。这种情分不似恋人，却仍需要"勿忘我"。闺密，你这一声"勿忘我"，我一定会记着的！

花，泡茶极佳，既保持了花香，又能给生活增添诗情画意。于我而言，绝对是双赢。

摘上三两朵勿忘我，洗净放入茶盏中，放一匙绿茶，再缓缓注入开水，捂上盖子，稍等会儿。捧着茶盏，轻嗅，与大自然的香气相撞，由沸水做媒，使他们相遇、相识、相知、相恋……香满园，已不单是古诗中的绮丽美景了。我和闺密同饮自制的勿忘我花茶，这种惬意，这种此时无声胜有声的意境，令我们彼此心照不宣。莞尔一笑，情深似海，全在心里，全在曾经的、未来的时光里。

查阅资料，勿忘我竟然是女性的益友。既然如此，我要倍加珍惜它，更要珍惜我和闺密之间的深情。

回首过往，茫茫人海，相遇就是缘分。前世不欠，今生怎见？缘分是从汪洋大海中打捞上来的情缘，故而，彼此在若干年的磨砺后才得以相遇。

错，是因为彼此不该见；过了，就不可能再回到从前的情分中去。遇见了，就请别错过。

请勿忘我！

百日菊，持续的爱

乡下，百日菊沐浴在晨阳里，熠熠夺目，像是笼罩了一层淡淡的、薄薄的金纱。这金纱似有似无，若隐若现，备感缥缈，又觉神秘。

坐在车内，眸子完全被眼前美景征服——青山被洋红色百日菊点缀，浑然天成，无须雕琢。如画、如诗，又如美人。

乐小米说："那些从车窗划过的风景，如同画面一样疾驰，抓不到手中，温暖不到心里。"我不愿那么悲情。今生今世的任何遇见，皆是缘分，下一辈子不一定遇见，我不想留下遗憾，因而，一旦我遇到美好的事物，就会生出立刻走到那美好跟前的冲动和激情。我需要在此地下车工作，正中我怀。我暗自窃笑。

我喜欢随手拍、随手录。一片百日菊，花朵层层叠叠，颜色各异，有洋红色、绯红色、橘色。

我依稀记得，洋红色百日菊的花语是持续的爱。这种红色，很柔和。我选口红色号时，就喜欢这款。想着想着，眼前便浮现出涂上洋红色百日菊口红的样子，洋气，温婉。

与温婉的洋红色百日菊不同的是绯红色百日菊，它如火如荼地绽放，一朵，两朵；一行，两行；一大片，又一大片。碧叶，绯红色的花朵，惊艳了我的双眸，惊艳了夏日时光。我便顺手给它录了视频。

远看，一朵更比一朵高，怪不得民间有着"百日菊，步步高"的说法。庞家河村的路边，种植如此繁茂的百日菊，大抵也是基于这个好兆头吧。

我读高中时，就听这里的园艺师王师傅说，庞家河村是我县出口苹果的种植基地之一。苹果花开的日子，农人脸上的笑容一定比花还灿烂。如今，因为多种因素，种植种类实现转型。但他们心中的花儿，永不会凋谢，且愈开愈大，颜色愈开愈艳，对未来日子的盼头愈来愈高。我相信，他们的生活会像百日菊一样——步步高！

　　我们下车进了一户农家。院里有葡萄架和色彩纷呈的花儿，主人正忙着剥煮熟的豆角，准备晒成干豆角。

　　我蹲在竹篮跟前和他们聊天，说：我小时候吃过太多煮熟的豆角种子，吃到害怕。如今，却很难吃到了。主人笑笑，说：以前生活不好，现在生活水平提高许多，吃干豆角成了一种时髦。

　　是啊，小时候家里拮据，母亲为了激励我们赶快把煮熟的豆角撕完，就对我们抛出甜头来：你们剥豆角，还可以吃豆角米米，又不饿。我们一听，多好的事啊，一溜烟地跑过去，围在筐子跟前，两手撕开熟豆角。

　　撕啊，吃啊，肚子吃胀了，豆角还没撕完。看着母亲做好的晚饭，想吃，可胃里已经胀满。

　　如今，庞家河农人已经不再稀罕吃豆角米米了，开始赏菊，开始追求精神愉悦。早晨，凉爽的风儿，裹着淡淡的百日菊的花香扑面而来，连打个嗝都是香的，心里尽是满足；晚归，经过百日菊，忍不住多看它几眼，享受着沉甸甸的收获感，心里尽是充实。

　　百日菊，根深茎硬，不易倒伏；耐干旱、贫瘠；花期也不短。它从墨西哥而来，留在这里，昂头挺立，满心欢喜。

　　夏日，农人路过，见到它，心里都会多出几分坚毅、几分明净的善念来。不管它叫百日菊，还是百日草，只要肯努力，即便是草也一定会像花一样绽放美丽，同样，日子也会百尺竿头，更进一步！

更饶深浅四般红

回到老家，古城。从东门进，行至老城门，须躬身爬坡。

在坡顶上，古城书吧引人注目。转完书吧出来，发现对门黄家大门外，姹紫嫣红的花儿，如翅，如蝶，姿态翩跹，美不胜收。

不用问，也知道它是凤仙花。我小时候可没听过这么洋气、富有诗意的花名，长辈只说它叫指甲花。

村人不懂什么风雅，也不懂风花雪月，实用就好。姑娘初长成，爱美之心愈烈。见邻居家小女孩的指甲红红的，漂亮极了，心里满是艳羡。于是就有了一段挥之不去的记忆——

我央求阿姨给了我一点花种，回家撒在院子边上，夏日里便吐艳了，格外香，分外美，美得有些妖娆。采上一些回来，和上明矾，捣烂，堆放在指甲上，用豆角叶或者当地的一种特殊树叶——构树叶将指头包裹起来，缠上棉线。指头顿时"胖"了几倍。

晚上，睡在炕上，满脑子都是明日解开指甲上的包裹后的情景，各种版本的美丽指甲都在我的想象中产生，且在脑中不停出现，不停变幻，活跃得很。因而，我的心久久不能平静，无法入睡。

带着一种不可名状、无法形容的小欢喜、小雀跃，心里"闹腾"不止，渐渐困了，撑了没多久，就稀里糊涂地睡着了。

次日，眼睛一睁开，就急忙看看手指头上的叶子是否完好无损。见叶子全部都在，我心里有种说不出来的高兴，笑容浮现在脸上。接着，逐个解开"胖"手指，一点红，两点红……十根手指头的指甲全都变红了！深深浅浅，很有"更饶深浅四般红"的意味。在那个年代，用天然的染料把指甲染红，那种兴奋，就像是鸟儿刚学会飞翔、姑娘出阁，动静越大越好。

于是，我伸开十根手指头，冲向家人、小伙伴，喋喋不休，唯恐没人知道我染了指甲。

一转眼几十年过去了。如今，我读了几年书，喝了一点点墨水。从宋人杨万里那里看到了更形象生动的指甲花。只是它如同被魔术大师用了一种变换手法，成了诗人笔下的凤仙花。

> 细看金凤小花丛，
> 费尽司花染作工。
> 雪色白边袍色紫，
> 更饶深浅四般红。

如此美的凤仙花，曾让同学慧心醉几许。前几日，从她口中得知，凤仙花还有一个功效——治疗灰指甲。真是我之幸、我之助也！

她特意叮嘱用白色凤仙花最佳。于是，我照做了。但我的灰指甲太顽固，终究没能治好。但，凤仙花的模样，却一直镌刻于脑。

凤仙花不仅具有观赏价值，且具药用、食用价值，根、茎、花、种子均是宝，不可小觑。

此花的传说，更美。这是一个凄美的故事。传说不知是多久以前，村姑凤仙和金童相恋。县官的儿子途经山村时，见凤仙长得漂亮，便上前调戏。凤仙不畏强权，将他痛斥一顿。她自知闯下了大祸，与父亲、金童及金童的母亲，两老两少，连夜逃跑。

不曾想到，逃跑途中，金童的母亲腹痛难忍。荒山野岭，无医可求，无药可治，只好暂停行程。

第二天天亮，县官儿子带着一帮人进村抓凤仙，发现人去屋空，继而穷追不舍。眼看着要追上了，凤仙和金童走投无路，纵身跳下悬崖。乡民们便把他们合葬在一起。晚上，两位老人依坟而卧。半夜梦见凤仙和金童，说是不远处的山上开满花儿，红如霞、白似银，可以治疗金童母亲的疾病。

　　金童的母亲按照梦里的指示采回药草服用，果真痊愈。后来，人们知道了这种花的疗效，为纪念凤仙和金童，便叫这种花为凤仙。

　　带着真善美的故事，会唤起人们情感上的共鸣。凤仙花因此便更加受人尊崇和喜爱。

　　如此有诗意、有美感、有善念、有力量、有价值的花儿，怎能无视？

燃烧花烛，与浪漫邂逅

启蒙老师教给我的第一首诗便是骆宾王的五绝《咏鹅》。其中"红掌拨清波"的色彩感、动感，成了我第一次学习诗词的收获。

红掌，是红色的鹅掌。如手掌，挺有力道，拨出一道道水痕，带着小小的白水花，看起来很漂亮，也很和谐。这样的场景，原本处于想象中，后来在西安兴庆宫公园的湖里见到此等诗情画意的场面，那句诗便成了真实。

前几年在花店里见到一种革质叶子、花如掌、肉穗花序的植物，挺别致。我顺口说了句，叫它红掌多好。谁料，花店主人告诉我，它本身就叫红掌。刹那间，一种天衣无缝的契合感就诞生了。我们相望无语，彼此笑了起来。

后来，在一些单位的大厅、闺密家里见到红掌。越看越好看，越看越入眼。于是，我详细查阅了资料。原来，它还叫花烛。

花烛，名字听起来自带美好。人生四大喜事：久旱逢甘霖，他乡遇故知，金榜题名时，还有洞房花烛夜。一对新人渴盼已久的日子，被寄托在一对花烛里。互相倾慕，互相陪伴，互相祝福，互相包容，融于桌上的花烛中。花烛象征着日子红红火火，相伴到老。燃烧花烛，似与浪漫邂逅。所以，我喜欢叫它花烛。

不过，更多人喜欢叫它红掌。唐代和凝也是如此。作《山花子·莺锦蝉縠馥麝脐》抒怀，表达自己的所见所想所悟："莺锦蝉縠馥麝脐，轻裾花草晓烟迷。鸂鶒战金红掌坠，翠云低。星靥笑偎霞脸畔，蹙金开襜衬银泥。春思半和芳草嫩，碧萋萋。"他眼中的红掌花坠着黄黄的花蕊，在阳光下，像金子一样，美极了。

生活在烟火人间的一种红花，被染上浓郁的词风，便有附庸风雅之嫌。然而，今天，红掌已进入寻常人家，把红如火的心愿留存，把欢喜灌进每个日子。

中国红，是自带吉祥、自带如意的颜色。红掌的红，也不例外。故如此受人喜爱。

我站在红掌跟前，恰逢它开得正艳，浓得化不开的那种红，恰似一朵炽热火焰花。我不禁发问：你不是原产于哥斯达黎加、哥伦比亚等雨林区吗？思考了半天，才恍然大悟。红掌可以湿润空气，可以吸收甲醛。颜值高，适合观赏；价值高，适合应用到生活中去。故而流布甚广。

既然如此，我得买上一盆，迎新春。花了几十块钱，速请它回家。放在客厅里，的确增色不少，感觉这花预示着来年鸿运当头。看着，想着，心中漾起无限美意来⋯⋯

其实，人生活在这个物欲横流的世界里，就应有一种精神、一种盼头，才能保持如红掌的姿态——昂首挺立，栉风沐雨，成为一抹最明丽的色彩，燃烧激情，只为日子过得红红火火。

看着家里的那盆红掌，欢喜情绪跃上了心头，我浑身有一股奋进的力量，涌动、喷薄⋯⋯

文雅之竹

我所在的小城，被称作"羌乡竹城"，新旧竹子随处可见，一丛丛，幽绿幽绿，挺拔，高耸入云。微风过处，摇曳多姿，惹人注目。

若将此类竹子视作"武竹"的话，有一款竹子，叶，如羽毛，又似翠云；枝干，纤巧柔细，轻盈。整体来看，姿态翩跹，文雅洒脱，相对于普通"武竹"而言，可称其为"文竹"。

那年，我去同学媛家。她住在省城某航天基地。那里的人基本上都保持着温文尔雅、内敛含蓄的气质。媛，深受此环境的熏陶。

进了她家门，就发现客厅东边的阳台上放着一盆文竹，翠绿色，层层叠叠，造型纤巧，散发着温婉的气息。当时，我并不知道它叫什么，只觉得它很漂亮。

去参观她的卧室时，又看到一盆文竹。自那时起，我便与文竹结缘。

可后来，一直只能停留在喜欢别人家文竹的层面上。住集体宿舍、租房住时，都不曾买文竹回来。这种可望而不可即的缺憾，停泊在心岸，立地生根似的，无法起航。

历经三年，我终于有了自己的房子。装修好后，我买了许多盆栽，唯独把文竹放在我床头桌上，与书做伴，与我做伴。其中的深意，恐怕只有我懂。

文竹因为株形优雅，层层叠叠，因而，也叫云竹。那种飘逸感，随着"云"这个字缓缓而来，不浮艳、不骄躁、从容、沉稳，是它流露出来的最明显的特征。

文竹遇上书，淡香重叠，却各异。清新与墨香让我的视觉舒服许多，脑神经也活跃许多。捧一本诗词，或一本美文，伴着文竹飘散出来的淡淡的香味，大快朵颐。读上一阵子后，起身，去沏茶，回头看一眼文竹，它仿若一姑娘，嘴角微翘，送我一个笑容。我的心，更为温和。

　　端上一杯热茶来到文竹跟前，热气袅袅，与文竹缠绕，丝丝缕缕，格外亲切。文竹如人，遇到性情中人，自觉相见恨晚，于是，特别珍惜。热茶，离文竹不敢太近，恐有伤害；书，可以；我，亦行。

　　文竹的寓意很多。但主要是象征永恒、纯洁的心。古人很看重朋友，"有朋自远方来，不亦乐乎""海内存知己，天涯若比邻"足以说明朋友的重要性。同时，朋友之间馈赠的礼物也很讲究，古籍名剑、字画古董、"五花马""千金裘"……

　　后来，朋友发展成"同桌而食，同床而眠"，情谊自然被时间沉淀成更为弥足珍贵的感情。

　　到了现在，朋友之间依然盛行"千里送鹅毛，礼轻情意重"一说。倘若送给朋友一盆文竹，朋友则知送礼物之人的心意和对彼此之间友谊的期许。又如，赶上朋友大婚，送上一盆文竹，则是祝愿一对新人之间的爱情永恒。

　　除了以上这些情况，我想，我送给自己文竹，是希望自己在文海中坚持遨游下去，希望终有一天，会到达理想的彼岸。

　　每每望着桌上愈加葱茏、愈加精神的文竹，我信心百倍，坚持余生与书相伴，与文字相伴！

　　有着文竹一样的人生，也是一种收获，一种境界，一种高度。希望我在文竹的鼓励下，稳步向前，向前……

佛前一朵莲

路过消灾寺，见广场上许多盆莲花正绽放青春的光芒，叶绿得葱茏，绿得葳蕤，绿得浓郁，浓得化不开，令我心生爱怜，不忍忽略，驻足留恋。

这些莲花，叶片大过手掌许多，完全可以和幼时在课本里学的《荷叶伞》里吻合，且散发出雨后的荷香，估计要比朱自清笔下的荷叶更清香、更清醇、更有韵味。

我向来对莲花的圣洁、清雅情有独钟，为此，我庆幸这次与消灾寺正门前广场上的青莲结缘。据说，印度人以青莲喻佛眼。而在我国，青莲则指称和佛有关的事物，唐代刘长卿和宋代苏轼借青莲指佛寺："亭亭独立青莲下，忍草禅枝绕精舍。""朱门收画戟，绀宇出青莲。"青莲还可指佛经，唐代刘禹锡《闻董评事疾因以书赠》诗曰："繁露传家学，青莲译梵书。"清代钮琇《觚剩续编·妙霓》有云："以是口诵青莲，虔皈摩揭；手栽紫凤，巧迈因祇。"佛家注重所谓的极乐世界。唐太宗在《为战阵处立寺诏》里留墨："望法鼓所振，变炎火于青莲；清梵所闻，易苦海于甘露。"明代陈汝元在《金莲记·湖赏》里说："紫绶金章，锢蔽了白马青莲旧路。"清代蒲松龄《聊斋志异·续黄粱》曾有言："僧曰：'修德行仁，火坑中有青莲。'"品读完他们的关于青莲主题的诗文后，我心中忽生一猜想：青莲居士，莫不是相中了青莲清净无染的优良品质？

不管我的猜想是否正确，我想李白由骨子里散发出来的气质定与青莲有关。赏着，想着，悟着，我慢慢移步到一盆莲前——

夏雨，不密不疏，不温不火，节奏把握得恰到好处，柔柔的，落在脸上还有两三分酥痒之感，似乎与端午节后的天气极不相称。或许，这场持续了一宿的雨，并不急着迎接艳阳，而是为消灾寺前的莲花着想：让它尽情沐浴雨水，尽享晨露里的精华，吸收大自然的灵气，成为消灾寺佛前的一朵盛开的莲。

一朵经善缘度过的莲，再去度那些虔诚忏悔的人，使他们重新接近"人之初，性本善"的原有要义，能够广结善缘，让更多的人去帮助那些需要帮助的人。

莲，本无染，与尘无关；佛，本无尘，与莲有关。庙门前的莲，有幸成为佛前的莲。在这种无尘的地方，理应引导善男信女，或是荡涤赏莲之人的心尘，还那颗藏于胸中的心本有的模样。

心，本有的模样，大抵就是色红，位正，有爱，是非分明，扬善除恶，力量充沛……只是我们当中的许多人，以人在红尘身不由己为借口，弄丢了自己，也弄丢了那颗心，而今，存在于那个位置的，分明只是一个有机体，又或者说仅是存放于人身上的一个零部件而已。

细察后，不难发现，弄丢自己的人比比皆是。今日，若他们也遇到佛前的这朵莲，闭目，静心，凝神，听青莲与人内心的对话，或许，会大有裨益。现在，我遇见佛前这朵莲，我欣喜，我走近。我着一袭白裙，伫立跟前，紧闭双目，听花语，闻诵经声，"斜风细雨不须归"的感觉油然而生。

夏雨慢慢落在我的发梢，湿了青丝；青莲的缕缕清香经我鼻翼、神经，净了我的心。继而，我忘记了烦恼的模样，只留一颗清心接纳遇见的人或事，不让那些我还未曾遇见的人与事扰乱我现有的生活。

放下不可追的往日，用心活好当下。岁月的每一小段里，皆要活出佛的心态、莲的品质来，方是不负如来不负卿！

佛前，一朵莲，仿佛在静诉："几世轮回，终不会无休无止，唯独你，值此一生，成为永恒。"

虞美人

相约，去紫柏山。

朋友告诉我，附近有座山，名叫霸王山。相隔数十公里又是张良隐居之处。恍若项羽、张良、刘邦所处的时代，立马出现眼前。

提起西楚霸王项羽，自然会想起他最疼惜的美人——虞姬。两人情意笃深。然，楚汉相争时，两人垓下夜饮，虞姬起舞，且和唱："汉兵已略地，四方楚歌声。大王意气尽，贱妾何聊生？"歌罢，从项羽腰间抽剑割颈，血流如注，泣别项羽。

后来，虞姬的坟墓上长出叶如纸、光如绸的红花，如血，看一眼，便会铭记一生。风来，暗香透过薄薄的花瓣，轻盈盈地来，率先抢了嗅觉。定睛，细看，花儿仿若翩翩起舞的女子。

那女子是谁？是虞姬？对，是虞姬！

虞美人，最早还是在南唐后主李煜的词句中见到"春花秋月何时了"的生命哀歌，后来辛弃疾也曾伤感、叹息："饮罢虞兮从此、奈君何。人间不识精诚苦。贪看青青舞。"清代王国维道破虞美人："碧苔深锁长门路。总为蛾眉误。自来积毁骨能销……"看来，虞美人因美而遭嫉妒。

莫非，虞美人因为有了美的姿态，就注定与情思缠绵，多染悲情？其实也不尽然。有人说：走一步有一步的风景，进一步有一步的欢喜。幸福，在路上。我说：项羽与虞姬虽悲痛万分地诀别，却拥有了令人艳羡的幸福。李煜，亦是如此。

幸福，会依傍于人，关键是看幸福的深度。虞姬宁可成为一株草，也要幸福地绽放一朵忠于项羽的花。

　　一次，猛然见到虞美人，我怔住了。怎么开着和罂粟一般色彩的花？这种炽热的爱，似乎会中毒，且是很深很深的情毒。果真是看了一眼，便铭记一生。

　　没人在紫柏山种植虞美人，大抵是怕刘邦见了会羡慕项羽吧。而我在别处，见到虞美人，便会产生一种燃烧的冲动。燃烧什么？渴望？深情？幸福？皆有！

　　对于心中一直未能如愿的事情，更多的便是憧憬，渴盼快速拥有；对于藏在心里的爱，则会愈加深厚，不负光阴，不负心，因为有一种别人无法撼动的情感一直在那里，坚如磐石；于明天或未来而言，幸福是终极目标，必须燃烧所有的能量，抵达幸福的彼岸！

　　虞美人燃烧了毕生，表达忠于一人的爱，如此深沉，如此厚重，化成了人世间的一抹红霞，一只红蝶，一位翩然的红衣女子。

　　岁月已老，虞美人已染红岁月多年。高粱地里，九儿一身红衣，红得抢眼。九儿的确将最真实的灵魂之花绽放，在那个年代，她成了主宰自己命运的女人，她焚酒退敌、保护他人，把自己燃烧成一朵赛高粱般红的花儿。

　　红，后来也成了余占鳌深情的见证。九儿愿意为他，活成一种如罂粟般的火焰，燃烧啊，燃烧吧！

　　亦舒在《独身女人》里写道："婚姻根本就是那么一回事，再恋爱得轰动，三五年之后，也就烟消云散。"

　　九儿就是余占鳌心中的虞美人，九儿心甘情愿。

　　自古以来，人生阴晴圆缺、悲喜交织。即便有这样的日常，也是一种深情，一种幸福。

　　有人说，虞美人红得抢眼，红得烧心，红得让人喘不过气来。其实，那是虞美人身上自带的热量与能量，如果是一个能品读、能读懂它的人，自然会感到它美得醉心，美得深情！

虞美人，携着心中最深厚的爱，燃烧着最真诚的情，穿过秦朝汉代，带着唐风宋骨，走到今天，仍然被喜爱，且那么深沉。

借用艾青的那句"为什么我的眼里常含泪水？因为我对这土地爱得深沉"，我想，我对虞美人亦是如此！

仙客来，六姑娘下界

腊月，街道上的花让人眼花缭乱。而在卖花人的卡车跟前，摆放得最多的是仙客来，颜色不一，有绽放的，有含苞的，碧叶相衬，艳压群芳。

认识仙客来，要从时光深处的一段往事说起。

那年，我有孕七八个月，参加学校的花圃劳动。蹲身，给花盆里装土，一位年长的主任老远就吆喝：刘老师，你不敢那样，干点轻松的活，现在就一个孩子，金贵着呢！我从内心感激他，借机站起来去端空花盆。

进了花圃，一个个花架上摆放着各种花卉：六月雪、榆钱、凤梨、豆瓣黄杨、倒挂金钟……奇怪的是，有一种花，叶，呈心状，盈满爱意的样子，叶片上泛着些许如霜的白色，像浮云、柔软、飘逸，自带几分仙气；花儿颜色繁多，玫红、粉红、大红，直挺挺地矗立，花瓣侧生，方向不一。许多盆这样的花挤入我的双眼，一行、两排，气势磅礴，让我觉得有一种被大家之气直袭双眸和心房的感觉。

待我走近，看了花名标签：仙客来。从此，我便记住了它。

岁月可曾饶过谁？一晃，我已至中年，恋上文字几十年，抒写身边的美好，成了我生活中重要的一部分。

享受美好，是让生活具有质感，让人活得更精致的一条低投资、高成效的捷径。喝茶，听戏，惬意无比。偶见省"九艺"市区戏曲展演节目单，眼前一亮，有秦腔《锁麟囊》。

之前听过程砚秋老师的京剧《锁麟囊》，现在有机会观看秦腔版本

129

的，我兴奋得按捺不住自己那颗激动的心。捂着怦怦跳的心，去观看苏凤丽老师的《锁麟囊》。

《锁麟囊》故事讲的是富家女薛湘灵仗义赠送绣有麒麟的锦囊给贫家女赵守贞。六年后，两人家境逆转，守贞知恩图报。后来，两人结为金兰。

苏老师的唱、念、做、舞俱佳。薛湘灵的人生起伏、心境变化均被苏老师演绎得令人动容。自带香气的薛湘灵，好似一株仙客来，芬芳十里、百里、千里。

仙客来身上的香气，细闻后，我感到极为舒服。传说，当年王母娘娘的六姑娘私自下界，有过给小镇上的人赠送随身所带衣服、首饰的善举，这与薛湘灵的想法、做法相同。具有明净善意的人，自然受人喜爱。但六姑娘因触犯天条，被天兵天将追到凡间，就地处决。在她流血的地方，开出了红花，人们便唤此花为"仙客来"。

不知薛湘灵是不是六姑娘转世，也不必去问是与不是。是，她也善良、慷慨；不是，她也用爱温暖了赵守贞那颗叹息"贫贱夫妻百事哀"的心。世事沧桑，谁人又知谁是谁的因，谁是谁的果？善待他人，就等于善待自己。

六姑娘因爱而去，把生命和绚烂留在了人间。传说历经时光轮转，如今人们依旧声声唤她——仙客来！

品茗，听戏，赏花。人生如戏，戏如人生，不问演技如何，就看你心中有几分善意，又有几分善行。

戏曲，是我小时候听不懂，甚至还有几分嫌弃的东西。长大后，发现戏曲颇有意思，它浓缩了尘世的爱与恨，教人做真人，莫做负心人，莫做昧心事。

大致因了这点认知，我喜欢将自己包裹在热茶氤氲里，闭目，听戏。大抵在戏词里能找到出世的感觉，亦能找到于尘世而言客人一般的感觉。

哦，原来，我们就在眼睛一闭一睁间，成仙，是客。顿悟许多，才会珍惜许多。

《锁麟囊》谢幕时，我顺口唤一声："六姑娘，仙客来！"

含芳独暮春

　　暮春，桃红柳绿，绿肥红瘦。我今天不做校园的主人，只想来体会一下"暖风熏得游人醉"的惬意与美好。

　　教学楼位于校园中心，四周花坛都种有一种树，准确地说，是一种花——紫荆。这是韦应物笔下"杂英纷已积，含芳独暮春。还如故园树，忽忆故园人"中，借以寄托浓厚思念之情的紫荆，并非香港的港花洋紫荆。

　　花朵，紫色，密密匝匝、热热闹闹，甚是欢喜。宛若一粒粒缩小版的紫葡萄坠在枝干上，有着明显的光泽。阳光下，熠熠夺目，惹人眼，牵人心，使人情不自禁地迈开双腿，凑到跟前。

　　繁花似锦，闯入眼眸。

　　我站在楼上，凝神，聚焦于花坛中的紫荆。看着，看着，忽然想起卞之琳的那句"你站在桥上看风景，看风景人在楼上看你"。如此具有诗意的花儿，如此美好的相遇，岂能错过？

　　想着，心里美着，情绪突然激昂，立刻，转身，下楼，奔向紫荆。一簇簇，一团团，一串串，紧紧围绕，好似手足兄弟。

　　我一贯喜欢联想，由此及彼地想。

　　眼前的紫荆，像极了一大家族的兄弟姐妹，骨肉相连，情深义重，深情无比。想必，定是一个美满和谐的家庭。

　　后来，闲暇时间，看到了某友的博客，她也有同感。为求证我们共同的感觉，我查阅了许多资料，均有此等说法。我的心里更踏实了。

过了些时日，紫荆的叶片，带着浓情厚意来给紫荆做陪衬。它一来，紫荆显得更妖娆。

紫色，代表尊贵、浪漫、神秘，具有皇家气质。纵观我国历史，不难发现：北京故宫被称作"紫禁城"；《史记·老子韩非列传》里比喻吉祥征兆的词语为"紫气东来"……可见，紫色与地位、财富、命运有很大的关联。

而且紫荆非红、非蓝，是红蓝的结合。单就颜色来说，她已经占了主动地位。再看，紫荆的心形叶片，像极了心脏。"主血管"和"毛细血管"依稀可见。阳光铺洒其上，颜色更显翠绿、年轻。

将紫荆花的态势和其叶片的形状联系在一起，我再次感到，她分明象征着一家人心脉相通、团结一致。

看着，赏着，悟着，我的想法愈加深入。人，若用心待人，自会成为关系亲密的兄弟姐妹。少一分怀疑，多一分信任；少一些冷漠，多一些真诚；少一次分离，多一次聚合。将正能量传递，成为齐心协力的典范。

看了许多资料，才发现紫荆还有个别名，叫馍叶树。此名比起紫荆，更具有烟火气息，更民间。

想当年，每逢蒸馍，母亲便作难。竹篦上，没有洁白如新的笼布，母亲只好提前上山采些树叶替代。根据她的生活经验，只有大而薄、韧性强的叶片，才能担当此任。最后，她相中了馍叶树。

冬天，没有鲜叶。但母亲早早地就会把馍叶树的叶片穿成串，挂在屋檐下，等候风干。待到用时，清水洗净，直接铺在竹篦子上。半个钟头，馍熟了。一揭锅盖，馍叶树叶片的清香与馍的麦香味，争先恐后地抢占我的嗅觉、挑战我的味蕾。当时，我早已是涎水三千，顾不上热馍烫手，从母亲胳膊下的竹笸箩里抢一个来，两只手倒来倒去……等到馍微凉，立刻塞到嘴里。那种享受，现在回味起来，都是满嘴生香，津津有味。

133

不论是叫紫荆，还是叫馍叶树，她都蕴含着阳光般的心态，等到结出豆荚般的果实，也不忘咧嘴一笑。

这一笑，含义丰富。笑看人生烦恼去，笑看历经风雨见彩虹，笑迎流年百事吉……从一脸贵气到一脸笑容，都是那么优雅、从容，令我念念不忘。

月下，赏紫荆，含芳独暮春，别有一番情趣。我愿是卞之琳，不论性别，只想吟诵"明月装饰了你的窗子，你装饰了别人的梦"。如此，甚好！

馨香满树自妖娆

　　作家黄廷法在《浮生拾慧·夹竹桃》一文中描述："夹竹桃，假竹桃也。其叶似竹，其花似桃，实又非竹非桃，故名。"

　　在我的印象中，夹竹桃生长在南方，理所当然。因而，我未曾想过它会出现在北方，且出现在我家乡的消灾寺附近。

　　去年，夏，某日。我去家乡省道北的消灾寺西南一小馆，与友对坐品茗。个把钟头后，有事，须离开。转身，欲去往公路边的公交车站，那里必经一排店铺。我已习惯了它们的存在，只管低头走路。

　　抬眸时，一个"庞然大物"格外引人注目。虽在角落，亦没挡住我的去路，可我的好奇心着实泛滥。叶，灰绿、狭长，仿若散落在乡野的面条菜，不过是升级版；花，微红、偏玫色，似桃花。这是何物？

　　我开始在大脑里搜索、筛选，最后将脑中事先贮存的花的模样与此花进行对比，初步确定其为夹竹桃。

　　拿起手机"咔嚓"一张，识图软件证实了我的猜想。我有些喜出望外——原来夹竹桃长这样！

　　推翻了我起初藏在心里的猜测——夹在竹子间的桃子。现在想起来，简直匪夷所思。

　　既遇之，则应观之。突然喜欢上了夹竹桃花。她，香气清淡。花形像漏斗，瓣儿重叠，红得自然，微醺，集中绽放在枝条顶端，仿若一把把伞。

　　伞，优先考虑的是遮阳避雨之功能。那么，夹竹桃的花伞，自然也有为主人遮风挡雨——镇宅的作用。

　　此说虽为个别人的迷信之说，但想必这家店铺的主人，已考虑到这点。又顾忌她有毒，所以将她放在室外。

　　店铺已打烊。我想，主人一定是一个灵魂有香气的人，也许，是个女子。那种淡淡的香气，沁人心脾，久久不肯散去；浸入骨髓，无一处遗漏。带着香气的灵魂，自会享受心境的转化与提高，自会享受生活里的每个细节，自会珍惜每次邂逅的过程。但没过多久，我的朋友给我反馈，店铺主人是个中年男子。

　　男子，店铺。我的思绪开始飘转，如枫叶飘落，如星辰闪烁。

　　前不久，一位老者，在新民街做糖人。这是存在于我几十年记忆中的场景，不承想，今日又逢着。于是，我不失时机地凑上去，想再看个仔细。与其说是看老者做糖人，不如说是在重新体验挥之不去的记忆。

　　老者埋头做糖人，时不时地还要和顾客聊上几句。其中，有个四十来岁年纪的女子，请求老者为她做一个夹竹桃糖人。老者或许觉着她的要求有些个性，甚至有些突兀，抬头看她，目光在她的脸上停留了十数秒。女子有些不解，但又碍于面子，并未开口询问。

　　做糖人的老者继续忙碌。五六分钟过去，一朵栩栩如生、惟妙惟肖，带着灵气的糖质夹竹桃闪亮登场。令围观的人，包括我，瞠目结舌。之后，大家都发出啧啧的赞叹声，太像了，太像了！

　　我在想，这个女子，怎么不是我？她又怎会知道我的想法而捷足先登？于我而言，既然重新体验了关于糖人的记忆，就不能留下遗憾。谁知道，老者还会不会来小城，我以后还有没有机会目睹现场版的做糖人。

　　想到这里，我果断也请老者为我了却心愿——也制作一朵糖质夹竹桃。

　　虽说事情已过去许久，但每每看到夹竹桃，我便想起老者。这种相互关联的美好，不是年年有，更不可能天天遇到。故而，珍惜每一次的相遇，便胜却人间无数的美好。

在与夹竹桃邂逅的日子里，满是诗意。只因一叶一花总关情："青青韵里竹风摇，初夏红蕾笑比桃。休与春花争宠爱，心香满树自妖娆。"淡淡的香气，深深的情意。馨香满树自妖娆！

万绿丛中秀靥留

很早以前，就喜欢山茶花，可总与她擦肩而过。其实，我对山茶花的情感源于那个传说——

相传，云南陆凉县普济寺有一株高大的茶花树，当地百姓异常喜爱。结果吴三桂驻守云南后，广泛掠夺花卉珍品充实自己的后花园，对这一株茶花树，吴三桂妄图私享。村民不舍茶花树，可又迫于吴三桂的淫威，无计可施。忽然，茶花树幻化成姑娘，出了良策。

村民无奈，只能按照山茶姑娘的计策实施。茶花树移至吴三桂的园子后，第三年才稀稀疏疏开了几朵瘦小的花儿。这让吴三桂极度恼怒，每年抽一鞭茶花树。树干上伤痕累累，山茶姑娘忍痛托梦辱骂了吴三桂。他忙请人解梦。来人告诉他，要想避开灾祸，必须把茶花树贬回陆凉县。

就这样，茶花树回到了陆凉县。村民闻讯急忙出来相迎，山茶姑娘一脸微笑，说：我回来了，我胜利了！大家看着树干上的几道鞭痕，不禁哭泣起来。从此，山茶花也被称作胜利花，意在彰显斗争胜利的喜悦。

先不说传说是否真实。但就山茶花而言，已是真善美的象征。

重重叠叠的花瓣均布，如层云。风来，她微摇，不紧不慢，显得异常淡定和从容。像是告诉我们，吴三桂的虐待也不能动摇她对斗争胜利的决心。如今，一点风雨，亦无妨。

山茶花花色繁多，但我还是喜欢粉色的她。那看似温柔的她，"东园三月雨兼风，桃李飘零扫地空。惟有山茶偏耐久，绿丛又放数枝红"，不得不让人佩服那强大的内心。

早春,与冰雪常伴。春,三月,她开在我的眸前,开在邓丽君的清音里:"乡野如图画,村里姑娘上山采茶,歌声荡漾山坡下……"唱呀,唱呀,唱到了梦里,少男少女羞答答的青涩模样,都在歌词里绵延,绵延。

团团簇簇的山茶花,从春开到夏,终了还是经不住炎热,要凋谢。于是她把自己内心的不舍和无奈,化作花瓣,一片一片地飘落,优雅、从容,直到生命终止。她高洁、雅静,不想惊扰尘世间的万物,与富贵、高调、明艳从不牵缠。

前年,一女友从省城来看我,特意给我带来两盆山茶花。当面交给我的时候,说:你是位具有少女心的女子,就像一朵山茶花。看似雅静,实则内心无比强大。一席话,说得我满脸红云。

我想,再强大的女子,都有如粉色山茶花一样的温柔,只是看在什么时候出现,能出现多少次。强大是被生活磨砺后的成长和成熟。

给我送花的女友,大抵是想表达对我的欣赏之意。我心领神会。每每望见客厅里的山茶花,便觉得自己非常幸福:能在温柔和强大之间自由、适时地切换。当然,余生还很长,还得一如既往,把生活过成一朵花,把自己活成山茶花的模样!

后来,先生老家的院内也种了一盆山茶花。让我既惊诧,又欣喜。家里的绿植多,但临近新年,自然希望家里有点红颜色,喜庆、吉祥。这样的希望与日俱增,眼看着立春在即,家里的花儿淡定得令人担忧。

"春早送娇羞,姹紫依风袅。万绿丛中秀靥留,更著嫣和俏。"山茶花尤能与春天相关联。

我一天看三回,唯恐错过她的到来。先生笑我莫非真成了山茶花花痴。殊不知,我多么渴盼山茶花迎春。

说来也怪,就在立春前一周,山茶花来了,不晚不早。我兴奋,盼呀盼的时候,还不觉得,现在她猝不及防就来了。我近观,她粉嫩,但不肤浅，与碧叶极其相称。

众所周知，不论是谁，都没有未卜先知的人生，也没有稳妥无憾的人生。期待也好，希冀也罢，有能读懂自己内心的人相知相伴，便是人生大赢家。

先生知道春将到，我知道，山茶花也知道。她宛若一位大家闺秀，携着曼妙的身姿、典雅的笑容、明净的善意、温婉的情怀，迈着轻盈的步履，来到客厅，与我们同春共庆、同心圆梦。想到这些，顿觉山茶花原来这样善解人意。

人与花相见，是一场缘分；人与人相见，也是一场以心换心的缘分。

新春将至，我也和其他人一样，将"万象更新"四个字放在心里，放在希望里。山茶花绽放后，蟹爪兰也紧跟步伐，家里的新春气息、新年味道日益浓郁。我相信，我们的日子亦会像山茶花一样，万绿丛中秀靥留！

幸运花

　　校园的花坛里，三叶草随处可见，密密匝匝、层层叠叠，写满绿意，"春风十里不如你"的感觉油然而生。

　　春暖花开，热热闹闹，那花朵似锦，如缎，一派繁华。然，三叶草站立在地上，顶多高出地面十厘米，整日与它的朋友相拥，沐浴清露，吸收日月精华，坦然面对昼夜更替，甚至，还要包容某些人的肆意践踏。但，退缩、妥协不是它的性格，它定会重新站立。

　　每天路过花坛，我不免要与它们对视片刻，除了将眸子里装满鲜绿，缓解视疲劳外，还可感受一种清心、向上的力量，这力量渐渐涌过来，一丝一缕，一点一点，慢慢地，缓缓地……

　　周五，照常开例会。午饭后，距离规定的两点二十分上班时间还有一个小时，我和同事，也是我的老师雪一起在操场慢走，想着助消化。

　　突然，一名四岁男童拿着一片叶子疾奔而来。他是和我同一办公室的老师梅的孩子，语言能力极好。他在三米开外的地方，单手举着叶子，高喊着要送给我。

　　跑到我跟前，小脸高抬，眼眸望着我们。他嘴里喊的是阿姨，分明是送给我的。因为，他将雪称为奶奶。

　　孩子的善良与爱心，满是纯真与自然，大可不必质疑他的诚意。

　　我不能让他的小手高举在空中太久，赶紧接过小草。低头，细看，竟是四叶草，心喜。

　　曾几何时，我在某处听到一种说法：三叶草中的四叶草便是幸运草。

大抵的道理是，三叶草里的"另类"忒少，自然就应了"物以稀为贵"的老话。

现在女人们的项链、耳坠、手链、脚链等饰品，也有四叶草造型，颜色多样，红、黑、金，且很有人气。有卖家索性直呼"幸运草"，这样取名自有其用意：买家图个吉利，卖家走个销量。可谓双赢。

或许，我太喜欢清楚地看着、想着、活着，感觉买回来的"幸运"，只能说是可求，我喜欢可遇。故而，至今也未曾买过四叶草饰品。

拿在手里的四叶草，绿莹莹，色泽饱满、叶片圆润，宛若水头很足的碧玉，惹人心生爱怜。我想，四岁的孩子可能并不知道四叶草自带美好喻意，但他给我送来了幸运，算是满足了我的可遇之期望。

只因，它是一株幸运草。

初中，流行台湾偶像组合小虎队的《爱》，感觉青春年少的我，就好似幸运草，蓬勃，有活力。

在时光隧道里走过近三十载，我的学生也喜欢小虎队。

　　把你的心我的心串一串
　　串一株幸运草　串一个同心圆
　　让所有期待未来的呼唤
　　趁青春做个伴
　　别让年轻越长大越孤单
　　把我的幸运草种在你的梦田
　　……

幸运草与爱、青春捆绑在一起。我的青春已过，而我爱的人和爱我的人，依然在我的身旁，我是幸运的。

四岁的孩子，竟与我心心相通。转身，又给我折来一枝花，带着花柄，还有缕缕淡淡的清香。是花香，不浓郁，微风过处，清新无比，我又喜。

观花，柔白与浅绿相拥，密不透风，仿若情侣牵手，一生相伴。四季光阴从花朵上流走，见证岁月的绵长，世间温情的长久。

左手执幸运草，右手拿"情人花"。恍若幸运之神与我紧紧依偎，好运真的就降临我身旁。

每到年关，总少不了给亲朋好友送去祝福：行大运！

祝愿，是美好的。但，夹杂了许许多多的因素：面子、人情、工作关系等等。而孩子采撷的花草，是纯粹的、干净的、无声的美好祝愿，自是一种爱和幸运的延伸。

别让年轻越长大越孤单，把我的幸运草种在你的梦田。

守得一墙花开

光阴悠悠，岁月绵绵，夏光微微。早晨，下楼，拉开单元门，走了出去。行至小区后门，一墙花开得静好，凝聚于我的双眸和心。

我驻足，细看，与它——蔷薇花，对视，私语。

蔷薇花，不顾不盼地跟着夏的脚步，姗姗来迟。沿着春的步伐，时冷时热，好似一会儿秋，一会儿夏，人们在外套秋衣与薄裙短袖之间徘徊。故，迟开的蔷薇花才跌跌撞撞地闯进了夏。

一朵朵、一团团、一簇簇，不谄媚，不妖艳，自顾自地开在仲夏，粉得清新，粉得可爱。叶儿，碧如老玉，尽显现世沉稳，附在长蔓上。长蔓顺墙垂下，倒三角形，若瀑布，亦如女孩的披肩发。静态中多了几分飘逸，几分娇羞，岁月似乎也安静了许多，给这个原本不很热的夏一缕芬芳，一丝清凉。

夏，易使人患上"燥热症"。天，燥热；人，浮躁。

眼前的一墙花，在八九点的夏阳里愈加精神抖擞。毛石砌成的墙，成了它的画布，它在上面顺心顺意地长着，开着……即使凋敝，那也是一处不可或缺的风景，如画。

回看一墙花，它不顾不盼，徜徉在夏阳里，身上仿若有层薄如蝉翼的纱，柔媚、轻软，如梦、如风，给夏送去一份慰藉。

蔷薇花开得正浓，浓得化不开的那种。葳蕤，精神，虚怀若谷，垂向地面，特别接地气。

墙的那面，是个院子，里面住着许多租户。一早上，各地的乡音撞破安静的时空，湖广腔、关中音、河南话……好似南北音调，全部涌向北方这个小城、这个小院。

小院的主人是位老住户，盖了一院子的楼。二三十年前，去过她家一次，那时还是土木结构的三间老房，如今却是两幢多层小楼。她喜欢房前栽花，屋后种菜。

院子被房子占据了，可心里为花留的地方还在。她说，没花，院子里就会冷清许多。看来，她是个喜热闹的人。

她在院子东边临近水管的地方，种下蔷薇花，让花藤爬满院子边的毛石护坡墙。曾经是土崖，现在用毛石加固后，铺上蔷薇花，很文艺，也很青春。

记得我曾在朋友圈里发过一句话——老了，守着一墙春暖花开，多好。结果点赞人数超乎想象。哦，原来，喜欢文艺生活的朋友如此多，我深感欣慰。赏花，守着花开的日子不寂寥，不孤单。想想，都觉得如花的日子，渐行渐近，渐行渐近！

人生以各式的墙为底板，在其上绽放如花的精彩。

回首我们走过的路，每个脚印里都饱含沧桑与喜悲，而恰是这些过往，成了花开的资本，终有一季，花朵会以最美的姿态，温柔、含蓄、优雅的娇颜，展示明媚如春的绚烂。

能把日子过成一朵花，是能耐；能把接地气的日子过成一首诗，更是了不起。究其根本，最重要的是花开前的蓄势——有如花的心态，有对花开的憧憬……

遗忘"见异思迁"，守着心中的花种，让它随着梦想，在光阴里发芽。时光煮雨，天降甘霖，自会开花。

花，终会开。如果守不住，则夭折。四叔，年轻时，在各行各业里试水，结果却是"浅水淹死人"，一路播种，一路发芽，一路枯萎，终究没盼到花开时。他曾经自信满满、棱角分明，如今也被岁月打磨成了一块无棱石，郁郁寡欢，整日少言少语，但我想他心中的那粒花种依然藏在内心的最深处。

家乡老人说，别贪多，守着一个炕门洞烧，定会有炕热的时候。幼时，我不解其意。经过世事磨砺，已由"初闻不知曲中意"变为"再听已是曲中人"。

守与不守，往往就在一念之间。一旦错过，就不是错，而是过。或许，会错过绝世的好风景。因此，守住，最好。

以梦为马，不负韶华，守得一墙花开！

第四辑　岁月从不败美人

有温度的时光，自带光芒，自带引力。一种被牵引的力量，一点一点地漫延，一点一点地渗透。如花的日子，会越来越多。花香五月，永远都在，都在……

雨夜百合，绽放静好

今夏，雨水较多。夜幕低垂，已是九点多，临窗听雨，竟觉颇有几分诗意，还略有几分淡淡的禅味。

周围的夜，原本很黑，从窗户透出来的灯光，淡了一些凝重。坐在老家平房窗前，静观绽放在雨夜的那一抹美好：雪白雪白的百合花，异常亮眼，双眸不禁被吸引过去。

花园里有各色百合，粉红的，鹅黄的，橘红的，但我对白色的情有独钟。

百合花是法国、智利的国花。可见它有多美，令人喜欢到将它作为一个国家的象征。想到这里，我对自己的这种偏爱更产生了一种优越感。

在我国南平、铁岭、湖州等地市，百合花亦备受青睐，被定为这些地市的市花。

百合喜光照。夜光，仿若一双绵柔的手，抚摸着百合花的脸庞，温柔、和美，它安静地绽放，把岁月静好，全写在脸上。

上高中时，曾学过茹志鹃老师的小说《百合花》。文中的新娘子将一床带有百合花图案的被子，拿给士兵盖。从那时起，百合花美好、高尚、圣洁的形象，便悄然扎根于我心。

后来，结婚时，我的他在花店专挑了一束含有白百合的手捧花，迎亲时，送给我，寓意百年好合。

今夜，赏着，想着，"几枝带露立风斜"的幽美意境顿现眼前。墨绿的叶片，带着雨露，油亮油亮的，像一面面镜子，照得月亮害了羞，照得嫦娥留月宫，不敢露面，把深藏在心中的羡慕，化为失落的涟涟泪水，落在白色花瓣上，凝成珠子，透明、纯净、清凉、圆润，令百合花更显高贵、雅洁。白花、绿叶，相得益彰，刚刚好，一次美丽的相遇，可遇不可求。一深、一浅，色调搭配和谐，美而不失稳重，简约不失优雅。

大抵因此，从古至今，才有许多男女，对百合充满赞赏和憧憬。花含露或低垂，与人无争，徐徐绽放，雨夜，尤为静好。细听，花开的声音，低到尘埃里，不惊艳，不高调，自顾自地唱响生命之歌，丝毫不逊色，不卑微。

李清照大赞百合："何须浅碧深红色，自是花中第一流。"也有人抒怀："永日向人妍，百合忘忧草。午枕梦初回，远柳蝉声杳。"

夏夜，蝉噪已去，远柳未见，却会面百合，心中疼痛的回忆尽失，顿时觉得舒坦。

百合，名字听起来就已有许多温馨、浪漫、美好之意隐含其中。愿千家万户皆能百年好合，永不离弃！

既如此，在这个雨夜，赏百合，这般美好的相遇，谁又愿意错失良机，错过一场良缘？

夜雨，没有半点停歇之意，不过，如此也好。百合花瓣如玉盘，滴滴雨珠从天而降，这岂不是"大珠小珠落玉盘"的佳境？

我在文字中行走多年，喜欢绝妙的诗境，一字一联想，一句一抒怀，或浪漫，或现实，多数寄托了诗人美好的希望。无论是谁，无论身处何地，心中若有美好，世界自带光芒！

抬眸，夏夜，雨中百合依旧，它绽放着无限美好，带着淡淡花香，一丝一缕，继续与我缠绕，缠绵……

玉簪香好在,墙角几枝开

盛夏,花红万里,自是常态。

一日,去了刘家庄。我顺着山路,蜿蜒而上,走到一处旧屋小院,见墙根旁,一丛黄绿叶,娇莹,形如心脏;一朵朵花,洁白如玉,有开有闭,未开的似簪头。香气缭绕,想必它是穿过晨风暮雨,才如此静美。素雅的白,赛雪,与翠绿相得益彰,和整个农院相较,显得崭新、清亮、芬芳。

朋友说,这种花,当地人称为百合花。我诧异,百合花还有这种模样?后来,回到宿处,我询问别人,他们告诉我,这是玉簪花。

我查阅资料,发现李时珍在《本草纲目》中有过"玉簪,处处人家栽为花草"的记载,那个时候家家种玉簪花,应不是单纯为欣赏。

看到纯洁的白色,让我想起了有着出淤泥而不染之高洁的莲。玉簪花和莲,还真有相似的地方:高雅、恬静、宽和。

传说玉簪花与爱情有关。猎户王强邂逅放羊姑娘玉儿,两人情投意合。玉儿为感激王强驱狼护羊,曾亲手采摘一朵形似白玉的花儿给他,他帮玉儿别在乌丝间,顿觉玉儿乃仙女下凡。

好景不长,当地一恶棍强抢民女,无恶不作,玉儿"主动"来到恶棍家中,佯装与他饮酒。恶棍心花怒放,举杯痛饮,不料,中了玉儿事先浸泡过的玉簪花的毒,两人同归于尽。

王强得知玉儿深入虎穴,匆忙赶往恶棍家,可终究还是晚来一步。他悲恸,怀抱玉儿,不停歇地哭了九天九夜,眼睛哭出了血。一滴血落在玉儿脸上,她忽然醒了,于是两人远走高飞。

后来,就在玉儿躺过的地方,长出了一株玉簪花。花叶大,颜色娇莹碧绿，心状、卵形，叶基部就像一颗心。世人说，这是如叶的王强终年保护如花的玉儿。

玉簪花有了爱情的力量，更被世人赋予了美和爱的内涵。爱情是纯洁、神圣的，不容一丝亵渎，纯白，甚好！

村人或许不知道玉簪花的爱情传说，或者听说的是其他版本的传说故事，但他们懂得在自家院子的墙脚处种上一株玉簪花，以示主人的情志。

山村的生活，单调、质朴，延续着简单和知足。但村人有丰富的精神世界，房前栽花，屋后种菜，让生活添了色彩，有了生机，美了眼眸，美了鼻子，美了心灵！

玉簪花，像极了村人的心灵——净而美！

对玉簪花情有独钟的人不胜枚举——黄庭坚、王安石、李东阳、梁清芬、宋子枫……而李渔在《闲情偶寄》中，专有一个章节描述玉簪花："花之极贱而可贵者，玉簪是也。插入妇人髻中，孰真孰假，几不能辨，乃闺阁中必需之物。然留之弗摘，点缀篱间，亦似美人之遗。呼作'江皋玉佩'，谁曰不可？"

大凡以古典气息为美的女子，不论时代，不论青丝是否及腰，总有绾起的时候。取一簪子别于发间，婉约了曾经的少不更事，内敛了曾经的任意而为。倘若家境好些，簪为玉质，顿时多了几分灵秀和温婉，与玉簪相伴的光阴，自带如诗、如玉的气质。岁月总有诗情。

作为一个已过不惑之年的女子，我亦喜古典，买回各式花簪，配长裙，一步一风情，一走一典雅，令人陶醉。每每打开首饰盒，总会拿起簪花，端详，思绪飘飞，很远，很远……

自从见了玉簪花，我才知道发簪也会因材质不同带给佩戴者不同的感受。我相信，总有一天，我会拥有一支别样的玉簪。

生活在被琐事缠身的俗世中，若能留一处空间给自己，安放如玉的灵魂，岂不更好？即便如院中墙脚处的几枝玉簪花，像是被遗忘，但芬芳依旧浸润它的庭院、它的领空，自顾自地绽放精彩，尽享清欢，把美好写进流年！

凌霄花

我生活在北方小城，看惯了扎根于土的各类花，颜色明艳或淡雅，装扮四季，缤纷多彩。但对于凌霄花，却不曾见过。

高中时，在舒婷的《致橡树》里学过：

我如果爱你——
绝不像攀援的凌霄花，
借你的高枝炫耀自己；
……

从那时起，我便认定凌霄花是一种高调的花，与我的行事风格有悖。故，不待见凌霄花。直到有一天，我见到朋友圈里宋、高二位大哥，分别在马场、陈家湾拍摄的凌霄花的照片，背景虚化后，反而显得凌霄花安静了许多，不浮躁，不张扬，着实让我吃惊不小。

我打算亲自去那两个村子欣赏凌霄花，眼见为实，以求改变我对凌霄花长在南方，喜欢高调、炫耀的认知。还没等我租车前往，忽然在花园小区撞见了凌霄花。

那日，正好晌午，我和同事烨去家访，那家孩子父母做餐饮。我们去店里和他们面谈。办完公事起身出门时，猛一抬头，眼眸与对面栅栏上攀爬的凌霄花撞了个满怀。我惊呆，我诧异，我又欣喜。

带着复杂的心情，走近凌霄花，细察，真的很美，美得明艳直接，

153

美得惊心动魄。橘红花瓣薄而亮堂，阳光穿过形如斗的花瓣，丝丝纹路清晰可见；花筒长，花冠较小。据说，凌霄花开时枝梢仍然继续蔓延生长，且新梢次第开花，故而花期较长。

我暗想，多亏花期长，否则，我可能又与它擦肩而过了。现在仰望眼前的这片云，似霞，如锦，如此火热，每瓣花上分明有四个字——生如夏花！

早在春秋时期，人们就记录了对凌霄花的喜爱之情，《诗经·小雅·苕之华》对凌霄花是这样描述的：

苕之华，芸其黄矣。心之忧矣，维其伤矣！
苕之华，其叶青青。知我如此，不如无生。

只不过，这里的凌霄花是被置于战争的大背景下。后来，在一朋友的博客里，也见到了较为完整的理解："在战乱的年代里，君子不饱，年饥恐慌，士民危殆。诗人不禁感慨人命竟不如凌霄花，花尚且能开放自如，而人之命却如蝼蚁，瞬间可逝去……花开之艳，令人更加感慨战争的残酷。饥民不禁羡慕大自然的生灵，无论在何种情形之下，都能如期地绽放，而人命之贱不如花。"可见，凌霄花的生命力极其旺盛，令人羡慕。

我站在几千年后的今天，遥想《诗经》里的凌霄花，复原那株长在战场边上的凌霄花。一场烟尘，风起，风停，尘埃落满凌霄花，然而仅是颜色被遮盖，生命依然存在。

到了宋代，吟咏凌霄花的人如潮：贾昌朝、梅尧臣、袁燮、舒岳祥、董嗣杲以及陈造，他们自选角度，或诵或写，一首首诗词这才得以流传后世。

"披云似有凌云志，向日宁无捧日心。""仰见苍虬枝，上发彤霞蕊。"透过这些，我还看到了凌霄花的大气、包容与慈爱。

凌霄花的花语是：敬佩，慈母之爱。

凌霄花的传说，更让我看到了慈爱。相传，闽西有个董姓财主，家有一女，名叫凌霄，貌美，喜画，能吟诗，待到出嫁年龄，爱上一名俊朗、勤劳的长工。可父母认为门不当、户不对，便对长工一顿毒打，弃其于荒野，使其身亡。财主将凌霄关起来，一日，她从丫鬟口中得知心上人已死，他的坟上还长出一棵柳树。不久，她便因思念过深，形容憔悴，财主逐渐放松了对她的警惕。她终于趁机逃出家门，奔到长工坟前，一头朝柳树树干撞去。之后，柳树跟前便长出一条藤蔓，缠绕在柳树上，曲曲折折，顺向而上，藤蔓上开出火红的花。人们为纪念她，就将此花称为凌霄花。

一段凄美的爱情故事，让人落泪。

而今，花店总会给凌霄花配上冬青、樱草，送给慈爱的母亲，借此表达感恩之意和热爱之心。

近距离观赏凌霄花后，才懂得对它尊重。不论土地肥沃与贫瘠，花种随风落于哪里，便绽放在哪里。它有一颗热如火、胸怀似海的心，容天下尊贵与卑微之人，纳天下有德与无才之辈，永远向阳，不惧忧伤！

手捧舒婷的美诗，出声吟诵：

爱——
不仅爱你伟岸的身躯，
也爱你坚持的位置，
足下的土地。

七里香藤

七里香这个名字，听起来就富有诗意，七里之外，可闻见淡香，顺着风儿拂过的轨迹，一点一点，扑面而来，只管享受就好。

我记得席慕蓉的诗歌里有一首《七里香》：

> 溪水急着要流向海洋
> 浪潮却渴望重回土地
> 在绿树白花的篱前
> 曾那样轻易地挥手道别
> 而沧桑的二十年后
> 我们的魂魄却夜夜归来
> 微风拂过时
> 便化作满园的郁香

后来，席慕蓉拿这首诗做了诗集的名字，可见，她钟情于七里香，她对七里香的喜欢汹涌澎湃，才会有此深意。

我更喜欢一种意境：豆蔻少女，坐在七里香前，在绿叶白花的陪衬下，弹箜篌，花香和着乐声，"便化作满园的郁香"，飘向彼岸……

后来，周杰伦也唱过一首《七里香》，吸引了许多听众。

我直到今天，在一次采风中，才偶遇七里香。我不知道此七里香是不是彼七里香，但，旁人告知我它的名字时，我的心立刻就荡漾起来了。

忍不住地向往和憧憬，完全不能用一个"美"字来表达当时的喜欢。暑假时的七里香一片翠绿，藤蔓向前伸，前端少叶子。倘若，你要不顾它的存在，横行、肆意穿过，它则会伸长手臂，将你用力揽住，刺儿自会钩住你的衣衫，你不得已，定会倒退一两步，摘下被挂住的衣角，方能离去。于是，当地人戏称七里香为"倒跑牛"。

此叫法倒也形象，即使你再怎么身强力壮，甚至力大如牛，但漠视它，则不行。接着我查阅资料，发现它还有一个名称——木香藤。

等我下山后，和村人说起七里香，村里有了解的人告诉我，它的别名不少。

见到七里香时，我满眼翠绿。大概因为，刘家庄空气很好，所以，它随心随性生长，毫无拘束。在山崖间，蜿蜒着一条藤，攀缘而长，一叶一绿，一季一样，耐寒，喜阳，厌湿。

凑近，细看，对照识记我曾被科普的信息：树皮褐色，小枝圆柱形，无毛，有短小皮刺；老枝上的皮刺较大，坚硬，奇数羽状复叶，小叶片椭圆状卵形或长圆披针形，前端急尖或稍钝，基部近圆形或宽楔形，边缘有紧贴细锯齿，上面无毛，深绿色，下面淡绿色，中脉突起，沿脉有柔毛；小叶柄和叶轴有稀疏柔毛和散生小皮刺；托叶线状披针形，膜质，离生，早落。

怪不得能钩住衣袂，逼你返回，让你不得不细看它。

七里香的花期在五六月，我已错过。见过它开花的朋友，给我提供了图片，我只等着来年再看。第二年，七里香开花时节，我特意去山中与它相会。

既然七里香喜欢攀缘，许多人用它来做围墙上的装饰，就不足为奇了。我也接受了更多科普：七里香晚春至初夏开花，白者宛如香雪，黄者灿若披锦。花小，多朵成伞形花序，花梗长，无毛；萼片卵形，前端长渐尖，全缘，萼筒和萼片外面均无毛，内面被白色柔毛；花瓣重瓣至半重瓣，白色，倒卵形，前端圆，基部楔形；心皮多数，花柱离生，密被柔毛。

一朵、两朵、三朵……一片，一片，成了青砖、白墙、黑栅栏上的一道清爽的风景，给春夏之交带来一丝清凉，给人以慰藉。为此，人们将七里香的装饰作用继续拓展，给花架、花格墙、篱垣和崖壁垂直绿化。也有人带回家，扦插，做盆景。

七里香，不负美名，香气浓郁，香随风飘，老远，就可闻见。香味如此浓郁，肯定可做芳香油。后来听说，七里香的花可供配制香精化妆品用。

七里香花开，藤上朵朵白，似蔷薇，难怪英国植物学家艾顿以著名植物学家班克斯爵士的夫人为名，将该花命名为"班克斯夫人蔷薇"。

其实，我更喜欢生长在山间的七里香，沙壤土是它的最佳土壤。绿叶，白花或黄花，不嫌弃脚下的土地，依然攀缘，我行我素，绽放发自内心的精彩。

一次，在村子里的农家乐吃饭，他们说让我尝一道菜。我心想着，山里的野菜定是丰富，我长这么大，有些菜，我真的未曾谋面。在我的猜测与期盼中，上来一盘青菜，上面点缀着几许雪白的薄片，凭味道，判定是蒜片，那么，盘中绿菜是何物呢？

那种绿，鲜活，水灵，惹人爱。拿起竹筷，夹了一点，喂进嘴里，清香，微苦，但娇嫩，经询问，才知是七里香的嫩芽。

七里香也有果实，红色，宛若玛瑙，具有药用价值。

山中不起眼的藤蔓，甚至带刺，偶尔还会令人尴尬，但浑身是宝。

七里香，不问晨昏，依旧开出花的模样。人，却往往在意外界环境和条件，忽略了自身的精彩。

双色鸳鸯美人蕉

美人蕉,名字听起来沾满俗气,像是开在风尘里,绽放一抹妖艳,抢尽风头。

我喜欢向美好事物低头。美人蕉,在我的眼眸里除了明艳,便是火烈,似乎找不出更含蓄的词语来形容它。

后来在平遥古城偶遇了一款美人蕉,才让我对它有了新的认识。

那日,正值八月中旬,去山西平遥的某园子里游玩,拿着手机随手拍,突然一簇美人蕉抢镜。我透过手机和墨镜看,不够过瘾,索性将双眸裸露在骄阳下欣赏眼前这款我从未见过的鲜花。

半边艳红,半边明黄,惊艳了我的眸子。我双眼瞪得老大,细察,它们果真相依相伴。或许,是我孤陋寡闻,但我在北方的小山城里从未见过这种珠联璧合的花。

这种美,美得蚀骨,美得惊艳,美得惊心动魄!

无形间,我感到一股强大的力量凝结在我的眼前。我拿起手机,将这款半红半黄的美人蕉定格。

走近一看,有一花名小牌,可惜的是,上面的字迹已模糊不清,我拿着照片去百度,最终确定了它的名字——双色鸳鸯美人蕉。

双色,毋庸置疑。然,鸳鸯,雌雄异体,它则是同株异色。鸳鸯中的鸳指雄鸟,鸯指雌鸟,不离不弃,多用来比喻男女间的爱情。

《诗经·小雅·鸳鸯》以鸳鸯起兴,描绘了鸳鸯双飞的美好画面,以捕获鸳鸯象征得到福禄;接着进一步描写了鸳鸯双卧的情景,以鸳鸯安睡象征留得福禄。

　　　　鸳鸯于飞，毕之罗之。君子万年，福禄宜之。
　　　　鸳鸯在梁，戢其左翼。君子万年，宜其遐福。

　　在中国传统年画中，"鸳鸯戏水"是必不可少的内容，大凡婚配的男女，家里皆希望能有一幅这样的画，象征恒久不变、相互忠守的爱情。

　　生长在俗尘里的美人蕉，一旦有了鸳鸯这样的美好寓意，便讨喜许多。美人蕉含蓄地表达了对人世间男女感情的良好祝愿，不仅有烟火气息，更有浪漫色彩，这让我忍不住多看了它几眼。

　　若红色为女子，热烈、无私、柔情，那么明黄则是男性，阳刚、坚毅、果敢。一阴一阳，刚柔并济，缔造人间美好。

　　美人蕉的花语：坚定的未来。双色鸳鸯美人蕉的花语不言而喻。

　　雅俗共赏、爱情、亲情互生，在柴米油盐酱醋茶的生活中保有生命的长度；在琴棋书画诗酒花中寻觅诗和远方，即生命的厚度。谋生、求爱增添了俗和雅，愈显真实。夫妻相扶到老，想想都是一件幸福、开心、快乐的事。

　　相信沐浴在爱河里的男女，都希望自己能走进对方的心里，然后携手，一起演绎浪漫的故事，慢慢变老，直到头发全白，牙齿脱落，挂着拐杖，一起看太阳东升西落、云卷云舒、花开花谢，住在篱笆墙内的小屋里，给小辈讲述经年过往，回顾年轻时给对方的承诺：余生都是你。相视一笑，浅然，深情，暗香涌动，赛过美人蕉。

　　香气弥漫，攀上云头，飞呀飞，飘呀飘……

　　我离开了园子，可思索尚未停止，看着手机里刚才拍下的双色鸳鸯美人蕉，心情忽然莫名就好了起来，我仿佛就是那美人蕉的红，仿佛就是那对鸳鸯中的鸯。

　　想着，想着，我竟有些飘飘然了。

海棠，相思四季

校园，四季如锦，各色花草树木，争奇斗艳，装点流年岁月。

我来这里已逾二十载，几次搬迁，依然与它相伴。

校门口，一大丛海棠，花开花落，年年岁岁花相似，岁岁年年人不同。花，浓缩时光静好。起初，我并不知海棠品种繁多，听说过西府海棠是宝鸡市花，这名字听起来都那么美好。在陕西，以西安为界，以西为西府，东边自然是东府了。我算是西府人，西府海棠听起来很亲切，让我很容易想到这款海棠就是家乡名片，心里美得赛海棠。

可后来，见识增多，才知海棠有粉红，有白，还有眼前的这红色——贴梗海棠。

这种海棠的枝干忒硬，即便不摸，单靠眼睛看，就已能感觉到它的硬度，上面还有刺芒状的细锯齿。一不留神，手指便会被扎出血，像是要和海棠颜色一比高低似的。

春夏之交，天气渐暖，海棠花初绽，潇洒，团簇似锦，雅俗共赏。海棠花素有"花中神仙""花贵妃"之称，在古时，是宫廷御用花种。皇家园林中常将它和玉兰、牡丹、桂花相配植，创设"玉棠富贵"的意境。

一些文人雅士对海棠花也赞不绝口。苏东坡遇见海棠花，可谓一见钟情，留下美诗"只恐夜深花睡去，故烧高烛照红妆"。

海棠花，若女子：胭脂点点，香云鬟；红妆浓浓，凝相思。或深或浅，惹相思，或源于相思。这相思终究给海棠赋予真情，使海棠成了女子的代表。

有了这样解风情的事儿，大可张开想象的翅膀，天马行空，飘逸不群。或许，西府海棠就是仙女遗落在人间的丝绢，淡雅、清新；又或许是出嫁女子舍不得娘亲，留给母亲的那一支红色的发簪……

而今，海棠已入寻常百姓家。门庭院落、花坛园圃皆可见。一季精彩，四季更迭，来年再开，期盼被相思浸染。

花开花落花满天，几时海棠如明霞。四月芳菲，花开惊艳，之后，芳华便逝，岂能不念，岂能不思？

岂能不思？

偶遇天竺葵

去年五月，一个周末，我们驱车前往马嵬驿，现场解读杨贵妃自缢于树的历史，顺道品尝这里的美食。

临走时，见一个木楼前的小院里，人头攒动，料想必定有热闹之事，便从人群缝隙钻了进去。

小二层木楼上一女子在进行"抛绣球"的婚俗。曾在电视剧《王宝钏与薛平贵》中见过抛绣球，没想到今天逢着现实版的了，不禁欣喜万分。

抛下来的绣球，恰巧落在一男子手中，我挤上前去细察，果真像极了绣球花。这让我猛然想起了跟绣球花有关的过往。

一次，在朋友黄哲家的阳台上偶遇一盆花，我问道：绣球花吗？他浅笑，说：你说对了一半。我一头雾水，一半？还有悬念？

他笑得比适才灿烂些，告诉我，准确地说，这叫洋绣球，别名石蜡红、入腊红、洋葵……我还没听完，就插话了：没一个洋气的名字。这下他又郑重其事地说出了另一个名字——天竺葵。

天哪，就一个花名，竟然和天竺沾上关系了！我戏谑了几句。

冬暖夏凉，是天竺葵最喜欢的状态。冬天家里有暖气，它得意万分，欣欣然，绽放。人在沉闷万分的冬季里，见到一抹红，很像一针强心剂，顿觉精力充沛，活跃起来，实属难得。

蔓生天竺葵、香叶天竺葵、马蹄纹天竺葵、家天竺葵，我喜欢它们形态各异，各有特点。

"天竺葵是神经系统的补药，可平抚焦虑、沮丧，还能提振情绪。而且由于它能影响肾上腺皮质，因此也能纾解压力。"看到这样的描述，我为之一振，天竺葵如此强大，让它常伴我左右，做我的心理助手，不是更好？

偶遇，靠的是缘分。天竺葵的花语是：偶然的相遇，幸福就在你身边。

一场偶遇，或许真能改变人的一生。《列车上的偶然相遇》里的主人公西蒙，因失学而做了列车服务员，与发行《星期六晚报》的出版公司的退休经理博西先生偶遇，西蒙认真的工作态度赢得了博西先生的好感，最后博西先生资助西蒙完成了学业。

偶遇是美好的，往往会缩短人和幸福的距离。

我和天竺葵的偶遇，注定了幸福就在我身边！想想，我不禁有些飘飘然，谁不希望牵着幸福的手，一步，一步，走向前方，恨不得幸福时刻环绕自己？如此说来，天竺葵亦是幸福天使，我必须善待它。

回家前，我跟黄哲咨询如何购买天竺葵。他说：别急，你会有的。

没过多久，他给我送来一盆粉红色的天竺葵。我问他为何选粉色，他的回答令我啼笑皆非：谁还不知道你是拥有一颗少女心的女子哦。

这让我情何以堪，是欣喜，还是羞赧，我也拿捏不好。多亏关系不错，否则，我真不知是该伸手接还是该缩回手来。

纠结片刻后，我接过花盆，安放在自家阳台上。它像是给我说：很高兴陪在你身旁。我也一样。我就是如此，但凡遇到自己喜欢的美好，就想据为己有。

花序如伞，意味为我挡住一切侵袭，留给我的皆是美好与清宁。如此美好，如此慷慨。

我只向美好事物低头。与天竺葵的一场偶遇，让沉寂的冬，多了几分活力，几分美好。

站在阳台上，静静地赏着洋绣球——粉色天竺葵，我的思绪又开始飘飞，飘飞……

长春花，绽放不一样的青春

廊桥头，迎宾路，街道已美化。新颖，柔美。

各色花儿竞相绽放，精彩无比。然而有一种花，却很陌生。玫红花瓣，五瓣，均布，花冠裂片宽，倒卵形；绿叶相衬，叶脉格外清晰。

花和叶明显异于其他花：厚重、深情——花瓣之间的裂痕深，叶脉粗深，叶片较厚。

后来得知花名为"长春"，让人极易与"青春常在"几个字联系起来。青春，是什么颜色的？

那会儿，正值豆蔻年华，说青春是绿色的，而且从来不会认为青春还有第二种颜色。蓬勃、富有生机，如荷叶，似绿草，胜松柏。如今，已过不惑，回首时，却觉得，青春是绚丽多彩的，如梦，似夜景，赛彩虹。

低头，凝视长春花。光这名字，就给人以丰富的联想和宏阔的想象空间。一年四季都开花，多好啊！

长春花原本生活在地中海沿岸，后来，这个世界希望春满一年的人太多了，它便沿着海岸线走来，到了长江以南，尝试着在两广"安家落户"。没想到，当地气候、温度条件挺适宜，它便留了下来。

更没想到，我在居住的北方小城，也能邂逅长春花。起初，我只是觉得它清新，对它一见倾心，并不知道它的名字。后来，拍照，直接搜索，才知道它叫长春花。它还有一个比较古典的名字——金盏草。可我还是喜欢那小清新的风格，文艺的气息，所以叫它长春花。

我今日遇到的长春花叫"杏喜",莫非是当年一个叫杏儿的姑娘喜欢这种花,脸上的红晕,染红了长春花的花瓣,才有此名?又莫非是说青春年少的人儿,更喜欢它?还莫非是……

看着一朵朵玫红的花儿,绽放自己最青春、最精彩的笑容,我的心仿若年轻了十岁、二十岁……

不一样的青春,不一样的梦幻。

长春花估计也有自己的梦想。我鼓足勇气,猜想,那也许会是一种生生不息的绽放,一种关乎青春的精彩。

长春花的花语是愉快的回忆。

我的思绪随之飘向二十多年前——

那年,我高中毕业,和十七位同学合影,纪念我们的那一段青葱岁月。一件粉色中山装,映得我的双颊多了几分红色,更浓,真像长春花的花瓣。一头乌发,很浓密,被梳成一根麻花辫,侧放在肩上,蹲在最前排。笑起来,很单纯,把春季放在脸上。

我并非年少不识愁滋味,而是属于穷人孩子早当家的那种。可我不愿在青春留念时,定格愁眉不展的模样,我愿将如花绽放的美好留念于那一瞬间。若干年后,愉快的回忆自会成为深切的念想。

时间将那些曾经的美好重重地甩在身后。然而,我总喜欢穿过岁月的厚壁,淘洗如春的时光,历数最美、最春天的日子,一遍又一遍,体悟人间温情。

长春花,多美的愿望。只愿山河无恙,人间永春!

凌波仙子笑相依

几年前，我混迹于多家网站的时候，偶遇一位名叫凌波仙子的文友。她的文章美得令我窒息。我成了她的粉丝。

大抵是因了常看她的文章，耳濡目染，我的文风竟也随她了。家乡的山山水水、花花草草成了我笔下源源不断的素材，我觉得惬意极了。

喜好文字的人，大多具备超强的想象力，张开联想和想象的翅膀——自由翱翔在五湖四海，自由驰骋在天南地北。何等洒脱，何等气派！

故而，在我的印象中，凌波仙子，定是来自天庭的一位仙气满满、裙裾飘飞、气质超然的女子，会令尘世一切颜色顿失；同时，还会有男女老少前呼后拥，竞相追看其尊容的场景。

某年，腊月，眉县张老师送我几盆花，正遂我愿。欣喜之余，我忽然发现里面有盆水仙花，又名凌波仙子，我才正式目睹她的芳容。

洋葱状的球茎，长出浅绿叶片，狭长，时间沿着凹陷的叶脉，向两侧散去，留痕清晰。

我的凌波仙子在正月初一那天开花了，淡黄，像娃娃的笑脸，笑得灿烂，笑得自然，笑得纯粹。在物欲横流的日子里，能见到如此这般的笑靥，堪称幸运，亦很幸福。

据说，喜笑的人，运气不会太差。凌波仙子笑得如此明媚，仿若一缕阳光。它满脸喜悦，且不打半点折扣。那是一种从心底流淌出来的笑容，染醉了笑窝。

阳光般的笑容透过心房小小的缝隙，照亮人中的晦暗之处，温暖坚硬之地。明媚、柔软的内心，总能接纳许多东西，撑大心的容量，再谈筛选和过滤，自会平静许多，由此达到淡然处之的境界。

目睹凌波仙子的笑容，想着，想着，眼睛向下，却见——

洋葱状的球茎贴着清水，坐在白瓷盘里，生出白皙的须来，根根分明，丝丝清楚，不由得心生敬意。

是啊，大多数花种，都是将根系深藏于厚土中。水里的凌波仙子则不然，如此清透，如此坦荡。这倒让我想起几年前，重庆诗友"心乙兔"大哥来凤城游玩时，那句很应景的感慨：君子坦荡荡，小人长戚戚！

常在人群中行走的人，势必会隐藏一些事情，令对手琢磨不透，难以防备。反观对手，则会千方百计地使用各种手段，将对方查个透彻，以至于根系全露。

想到这里，低头看看瓷盘里的几块鹅卵石，素白、暗花，果真有水落石出、一清二白的意境。人，若如此，就简单了许多，少了纷扰，少了尔虞我诈，多好！

简简单单做人，清清楚楚做事，活得一清二楚，又难得糊涂。这理应是生活的一大境界。不说有鸿鹄之志，至少应朝着这种宁静的心境迈进。

我心渐醉，迷蒙中又见凌波仙子笑相依！

花开九月

九月,渐冷,小城的人已添衣。

我从小镇回到县城,享受周末。恰逢明媚的阳光从纱窗漏了进来,洒在阳台上。站在那里的花花草草,毫不害羞地闯入阳光的怀抱,闯入我的视线。绿的仍绿,叶宽叶窄似乎与往日无异。

然而一盆蟹爪兰却连蹦带跳、打着滚儿冲入我的眸子里:朝各个方向铺下去的叶子,凹凸有致的外轮廓,柔媚无比,宛若窈窕淑女,柳腰婀娜,姗姗而来。看着,想着,眼前的一朵朵红,顶破了沉寂一周的阳台,含苞待放,坐等静好岁月与它相逢。

那年,我学习戴望舒的《雨巷》时,就被朦胧诗境中的丁香姑娘所吸引,一个模模糊糊的影子,总在我的脑海里萦绕。遗憾的是,刚走上文学之路的我,笔力有限得很,无法描摹内心的深情,这种遗憾一直停留在脑中多年。

而今,我带着"希望逢着一个丁香一样的/结着愁怨的姑娘"的诗句,走到阳台,这次我希望逢着的是着一袭粉裙的姑娘,在清风中摇曳,舞动明媚的阳光,紧抓风儿的衣襟荡秋千,来来回回,不徐不疾,一种温馨的感觉如淡淡的花香,令我贪婪吸吮,随后,闭目回味,许久,许久……

往年,蟹爪兰都是在春节期间才愿意绽放,我将美好的愿望托它承载着,飞出我的心窝,飞出窗户,飞过四季,又飞回我的笑窝,这样的欣喜,如花,粉粉的,满是可爱。

这才农历九月,蟹爪兰已经随着近一周的暖意含苞待放,在秋寒渐浓的日子里,见到一抹这样亮丽的红,让单调、枯燥的日子,多了些活力,不矫揉造作,一切来得那么自然,那么亲切!

若是在初春,花儿朵朵开的日子,见着花的人,自会掩饰不住内心的喜悦,会在桃花树下手舞足蹈,摆拍,记录美好的时光,不足为奇;遇见的人,也会被感染,除了艳羡外,也悄然参与其中,成了风景中的风景,得到平中见奇的体验。暮色四合,归去,一路上浏览照片和视频,回味中,欣欣然,忘却了一整天的疲惫,笑声融化了烦恼,满心欢喜。

这些曾经在田野里延绵的美好,能被移植到阳台上来,我的心,自然有说不出的狂喜。经不住蟹爪兰的诱惑,俯身细察。盼呀盼,花儿在一周里,一朵、两朵,开了,绽放出美丽的笑靥,全是美好。红花,绿叶,在金黄的深秋,显得弥足珍贵,我怎能不喜,怎能不醉?

眼看着还有几日便是"一候雷始收声,二候蛰虫坏户,三候水始涸"的季节,气温骤降,我担心它会受冻,下午回家,进门,首要事就是一头扎进阳台,看个究竟。或许是老天照顾我,体谅我对花儿的痴爱之情,竟然让它全部开放,满盆的玫红,惹来我泪花朵朵。此时,我的心里比谁都清楚:惊喜,惊叹皆有!

花,有自己的花期,但有时却与气温有关。或许,花期与主人的品行也有关。一盆有故事的花,遇上有情怀的主人,相处久了,自然也会相融,甚至会不合常规地绽放出自己的美丽,弥补主人心中的缺憾。感谢有这样的深情,有这样的醉眸、醉心时刻!

花开九月,美丽心情。生命无常态,只要机缘逢时,定会绽放倾心的娇艳!

深谷幽兰，注定邂逅

小城，是我生活的地方。青山碧水、清波荡漾，"水暖鸭先知""蒹葭苍苍……在水一方"，这些美景小城都有。有段时间，我极喜去通幽小径游览，目的显而易见：换换心情。

步入，闭眼，聆听鸟鸣，各种声音，自然混合，身处其中，怎可不恋？静立，细听白居易"小弦切切如私语"的美妙，就在此；闲庭信步，随意听，"阳光照，花儿笑"的感觉，甚好！

有一种花卉，或在阳台上的沙盆里，或在空旷的幽谷中，四季皆有一股淡香暗涌，香了周遭的空气，醉了世人的心怀，且有一种雅致的美流淌，它就是幽兰。

不知不觉，行至半山腰。我没有遇到李白梦游天姥山"半壁见海日，空中闻天鸡"的仙境，却亦有一些快意——偶遇幽兰。

在深谷，巧遇幽兰，幸事也！

一叶，一叶，狭长，叶脉深陷，朝上，或向四周散开，但都生机勃勃，如追风少年。

生在幽谷里的兰花，与日同辉，与月共明，沾玉露，经风雨，四季常伴，使自身更坚韧，更有雅洁之品行。

喜欢"八大雅事"的文人墨客，大多对兰花有着或深或浅的情愫，我亦如此。

梅兰竹菊，"四君子"之风范，世人敬仰。《易经》云："同心之言，其臭（嗅）如兰。"只是我才疏学浅，仅可猜出其中一二来。估计，这兰花清雅之气，低调的奢华，当排在梅花之后、翠竹之前吧？无论如何，还是对兰无比崇敬和爱慕。

百年修得同船渡，千年修得共枕眠。我和兰花，早在二十几年前，就曾相识。

记得那年，父亲在凝结了时光的旧窗纸上泼墨挥毫时，我意外地、惊喜地见到了墨兰。那时候，我就被它淡雅的格调、清新的气韵深深吸引。

纯美的新年，纯净的素白，纯洁的兰花，这种意境，早已经让我不禁凝神静观。父亲拿起狼毫毛笔，三五下，便将兰花的叶子勾勒出来，有生机蓬勃的，有闲情逸致的，还有带些许淡雅风情的，两朵花蕊半隐其中。那种悠悠风情，更多了几分清幽，几分静美。我第一次感觉到一股淡雅的气韵扑面而来，随后在我的体内缓缓地流淌⋯⋯

或许，我就是个喜欢做梦的女人。那个时候，我才十五岁，见到你——兰花，就像是见到了我的偶像、我梦中的白马王子。于是，我便闭眼细品你的韵味，你的幽美，你的气质。恍若立刻有一位身着墨绿长袍、头戴淡黄色纶巾的男子，款款而来，凭借清风起舞，将一抹墨香，送入我的鼻翼，继而调动起我的嗅觉，神经也随之活跃起来⋯⋯

一种无可名状、难以言表的感受，默默深入，延绵。我忽然词穷，无法形容了。在那一刻，似乎一切都凝滞了，时光也随之停下了脚步，让我静心来品读你。

你身上的气质，已将我彻底征服。情窦初开的我，幻想着，或许能与你共结连理。腼腆的我，迅速低头，羞赧的神情，那是对你的钟爱，更是一种不容亵渎、不容践踏的纯情。

我喜欢你那种不张扬、不浮夸的内涵。缱绻流年里，万千变化难抑我满腔的爱恋。从见你的第一眼起，我便萌发了那种与你携手相伴到永远的念头。

时光总是在不经意间溜走。转眼，二十几年过去了，我已经从一个懵懂的少女长成了中年女人。但是，在回眸时，依旧对你含情脉脉，知否，知否？

这种缘分，可遇不可求。当时，父亲笔下"变"出那么多窗花。在众多之中，唯有你出类拔萃，似要将人间所有的妖艳比下去。我也知道，你与世无争，只想做一回自己，将自己容身于天地间；我也知道，你愿意驻守一方素雅，默默在流年里等候你的知己；我也知道，你在默默地祈祷，希望尘世间一切谦谦君子，保持洁身自好的本性！

有诗曰："撇开瑶草点春星，倦想黄庭梦亦听。叶下穿云交半面，世间何句得全青。信他寒谷无边醉，簪我衣裙没骨丁。相勘凡花痴不了，纵浇尘土有余馨。"也许，就是那次与你邂逅，便想一生一世与你相伴，不再分离。兰花，这被灌注了真情的花朵，愈加精神，抖落浮华，剔除虚幻；这清雅的花儿，在我心房悄然盛开……

在中国古代大多数文人的眼里，不管是菊科的兰草，还是兰科的兰花，都被称为"香草"，象征着一种理想，可以作为追求一种操守和德行的意象，也可以作为一种纯美的化身。

燮翁自称"七十三岁人，五十年画兰。任他雷雨风，终久不凋残"。他的题兰花诗，有七八十首之多，关于兰画的也应有这么多，完全可以出一本《板桥兰集》。兰花，在他的笔下可说是万应灵物，可用以修身自勉："偏不学花卉，爱作芝兰菖。喜他清且洁，可涤吾之肠。""春兰未了夏兰开，万事催人莫要呆。阅尽荣枯是盆盆，几回拔去几回栽。"

我与兰花冥冥之中注定会有一次相遇、一次结缘。阅过无数种花儿后，与你邂逅。

深谷幽兰，注定邂逅。这是我的幸运、我的幸福！

旱金莲

周末，揉揉惺忪的双眼，呼喊音箱："小艺，小艺，来一曲《美美哒》！"

"清晨起来打开窗，阳光美美哒……"立刻，我就进入清醒状态了。我走到阳台，开窗，迎接阳光，感觉心情极好。继而，趴在窗前远眺，雨后的凤凰湖有些泛黄，但在阳光的照耀下，仍旧波光粼粼，像是嫦娥丢下来的宝镜，被摔成了碎片，光彩熠熠。

看着，看着，感觉像是身处仙阁。痴痴地望着，傻傻地享受着。敞开心扉，接受新鲜的空气、温暖的春光，心里感到暖融融的。

收回目光的时候，一株旱金莲闯入我的视线。白瓷底色、点染一朵红花的花盆里，一株叶片嫩绿的旱金莲，直挺挺地沐浴在阳光里。或许是它真正吸收了太阳的力量，将内心孕育成灿烂，生成了金色花朵，格外明亮，格外耀眼。

这株旱金莲还是我从老师，也是我的同事那里挖来的幼苗，在我的粗放管理、照料下，竟然也能绽放。于我而言，这不能不说是意外之喜。

之前，我以为旱金莲只是一株绿植而已，不会开花，今天才清醒地认识到，它也能开花。

我的心情更明朗了。蹲下身，近察旱金莲。之前，与它相见，匆匆来，匆匆走。这会儿发现，它叶肥，叶肉饱满，叶片圆形，有主脉九条，由叶柄着生处向四面放射，边缘为波浪形的浅缺刻，和碗莲叶颇为相似；花，喇叭状，多为五瓣。

阳台上的旱金莲坦然又从容地迎接风儿和阳光。是啊，花，想要绽放出美丽,必须坦然面对风风雨雨、四季更迭。人,亦是如此。

赏完旱金莲回到客厅,刚准备打扫卫生,一个老友发来微信视频邀请。我愣了愣,她那么忙,怎么会有时间和我聊天?我接通了视频。她给我诉说心中的困惑:"做公益,怎么和目的挂上钩了?"

看来,我需要做她的树洞。耐心听完,才知道她做公益做出"八卦新闻"来了。她遭人质疑,别人说她做的每一件事,都有很强的目的性。

我知道她的人品,如莲。她做公益,全是奉献、扶持而已,从来没有目的一说。我虽比她小五六岁,但和她交流无代沟。或许,正是因为做事认真、严谨、追求完美的共性,让我俩相见甚欢,每次聊天都能获得精神上的愉悦。

愉悦积攒多了,就觉得相处舒适、自然。

尤其是中年。人,到了沉默的中年,不再看重功名利禄,只求舒心。和谁打交道舒服,就多和谁在一起;喜欢什么事情,便多投入精力。越来越不愿意违心。同时,在回首过往的当儿,猛然醒悟。

没有一个人能随随便便成功。别人看到的只是风光无限的表面,殊不知,成功背后有多少惨痛的故事。然而,人,若怀着一颗妒心去看待别人,只会觉得自己最好。

"你若盛开,清风自来。心若沉浮,浅笑安然。"此语出自三毛的随笔。回想三毛的那些故事,足可见自身除要十分优秀外,还要有一种平稳的心态,才能体会到清风自来的感觉,才可面对世间万象。

和她聊天的当儿,我还在想念阳台上的旱金莲。猜想之所以给它取这样的名字,首先,是和水中莲区分开;其次,它定具有莲的特征与莲的品质。

莲,穿越千年,依然被君子所喜爱,故而,我与她都努力去做一朵莲,如此,甚好!无须在意淤泥的污浊,反而感激它滋养了圣洁的莲。

旱地,一朵如金的莲花,怒放在暮春,心情别样好。聆听花语,细闻花香,不是更好吗?

岁月从不败美人

早上，我从西工大东门外的早市买菜归来。

刚进东门，见一位阿姨推着一个铁质小筐也往里走，小筐里面装着一盆长寿花。

今天是五月第一天，国际劳动节。阿姨约七十岁，长寿或许是她的终极目标。这盆花也许就是她心之语的无声吐露。

我走近她，和她边走边聊。我试图探知她买花的原因，她像是看懂了我的心思。她说，岁月不败美人。日子，总要有些仪式感。

满头银丝的阿姨，如此优雅从容，把每个平凡的日子过得活色生香。一盆花，一种心情，一种生活态度，如此足矣。

阿姨的话，让我想起那首诗："白发戴花君莫笑，岁月从不败美人。若有诗书藏在心，撷来芳华成至真。"

她筐子里的菜蔬极为简单，就一块豆腐、一根芹菜。这盆花似乎抢了风头。因为顺路，我们一起走着，聊着。她还告诉我，她的家里现在每两周都会添一盆花，淡淡的香，盈满屋子，再简单的生活，也会觉得日日生香，有滋有味。我边看边听，早已羡慕不已。

希望我老了，也能像她一样，优雅地生活着。

在家属楼的拐弯处，一丛丛的蔷薇花绽放在墙头。不知何时绽放的，我今天才看到。我心里笑话自己太粗心。

我细想，或许是因阿姨买的花，才让我觉得五月是花香满满的。花，成了我心里的一种美；花香，亦成了时下我最关注的气味。

心有猛虎，细嗅蔷薇。买花阿姨心里藏着一只"虎"，甚是强大，才会如此从容淡定，安静地享受花香岁月。花，阿姨，岁月，皆美！

我驻足细看团团簇簇的蔷薇花，层层叠叠，粉、红，密密匝匝，枝干上有些小刺。似乎在说，凡美丽的花朵都会经历荆棘、刺窝，但终究会在枝头绽放，欢喜自己，亦令人欢喜。

作家丁立梅说："蔷薇则开得比较含蓄。它像从前缠了小脚的女子，踩着五月的节拍，不紧不慢地，碎步轻移，一朵一朵往外吐。每一朵，都是精挑细选的，细皮嫩肉的好模样。人家墙头上有那么一丛蔷薇，那墙头就幸福得不得了……"如今，我静立在满墙头的蔷薇花前，慢慢地、仔细地感悟她说的这段话。

花香，五月。曾记得，我中学时，有一首歌叫《五月的花海》，那会儿，我只知道跟着老师唱，没有如此丰富的想象力。而今，我走过风风雨雨这么些年，反而觉得花好美、好香。五月的花，开在立夏前，更有意义，像是说这个夏季一定会如花，美美的，香香的。

如花的暮春，如花的夏，如花的日子，被花紧紧包裹着，被花香连连浸润着。我这才恍然大悟：人生苦短，要把每天过成一朵花、一束花，明媚如斯，载着阳光、雨露，经历风雨，拥有富足的历程，沉甸甸的繁华。光阴里的美好，原来距离不远，就在一念之间，就在身边！

在选择和忽略之间，就差一个转身。华丽、优雅地一转身，就发现可以牵着美好的手，日子可以很甜。那种满足，那种慰藉，总会让生活增添许多温暖。

忘却往昔出现过的怒气、迷茫、焦虑、抱怨，甚至愤懑，仰面，看着墙头的熙熙攘攘、热热闹闹、赶集似的蔷薇花，我的脸上洋溢着如虹的微笑，灿烂无比，暖暖的，美美的，仿若一朵花。

有温度的时光，自带光芒，自带引力，一种被牵引的力量，一点一点地蔓延，一点一点地渗透，如花的日子，会越来越多，花香五月，永远都在，都在……

时光翩跹，光阴如箭。然而，岁月从不败美人！

鲁冰花

鲁冰花，只是在歌曲中听过。我生长在北方，未曾真正见过它。

上周，在县功镇首次见到了鲁冰花。它直立，头尖状，花色明丽。据说，它原本生长于地中海区域的沙质土壤。也许有一天，为漂洋过海来看我，因此也在这里安家落户。

鲁冰花的花语是母爱、幸福、贪婪的心、苦涩、悲伤和空想。鲁冰花被台湾客家人视作"母亲花"。

电影《鲁冰花》里的阿明对早逝的妈妈的模样，没有明晰的记忆，只好缠着姐姐给他讲关于妈妈的故事。一天，阿明嫌茶园旁的鲁冰花碍事，欲拔掉，被正好赶来的姐姐阻止。姐姐告诉他，鲁冰花对茶叶的生长有益，春开，秋谢，化作春泥更护花，然后成了茶肥，滋养着茶树的根系，以求来年茶叶丰茂。并不起眼的鲁冰花，却如同世间最真挚的爱——母爱一样无私和伟大。闻此，阿明便不忍心再拔掉鲁冰花了。

在县功镇见到鲁冰花实属意外。本是与朋友去看蓝香芥的，没想到意外见到了鲁冰花。

母亲的一生经受过多少苦涩的岁月，一般都不对人讲，选择默默承受，唯愿子女能快乐地长大，甜蜜盈满一年三百六十五天而远离苦涩。也许，正因如此，才有了鲁冰花象征母爱一说。

县功镇的鲁冰花有棕色、铁锈色和黄、紫、白、红、蓝色，我想，明艳的应是儿女，那些深色的则是母亲。母亲们守候在儿女身旁，披着刺针，保护着儿女……

我站在鲁冰花近旁，慢慢体悟"此时无声胜有声"的美妙，一种甘愿奉献、情愿牺牲自我的母爱，悄然潜入我心。

我的母亲就是如此，从来舍不得给自己买一件好衣服，买一点护肤品、营养品，哪怕是一点小零食。她只顾着我们，一辈子都是如此。从我们呱呱坠地到现在，她一直扮演着我们的保护神的角色。对我们永远都是有求必应、有难必帮，时间久了，她在这种习惯性保护孩子的过程中，越来越遗忘了自己。

我不希望自己对母爱做出贪婪的样子来。我感到有鲁冰花式的母爱是幸福的，有了母亲的呵护，我才能有归属感，才能找到一种同别家孩子一样的幸福感。

眼前的鲁冰花把我的记忆带到那年——

父亲和母亲吵架，把家里能摔的东西统统摔掉了，包括所有碗碟。母亲只是蜷缩在桌角，紧紧搂着我们哭泣。我虽是老大，但此时，她哭得我心痛，我只能替她擦去两行泪。两个弟弟拽着母亲的衣襟，哭闹着说：妈妈，肚子饿！我给母亲说：妈，我不饿，我不吃饭。

这下可难坏了母亲。她哄着弟弟们，说是做面片吃。打开面柜，袋子里还剩一点点面粉。母亲提起面袋子使劲抖，希望把附着在面袋子内壁上的面粉一点不剩地抖下来，给我们姐弟三人做一顿饱饭。

饭熟了，没碗盛饭，母亲只好拿铁勺盛出来，先让小弟弟吃，最后才轮上我吃。我看着母亲的眼睛，说：我不饿，妈，你吃吧。母亲没吃，说：你正在长身体，多吃点。

说是多吃点，但碗里就剩七八片面片。好在十一岁的我，饭量还不是太大。

母亲饿着肚子，挨了两天。后来，母亲不知在哪儿弄了几只碗，我们才能端着碗吃饭了。

自从知道了台湾歌曲《鲁冰花》后，我隐隐约约感觉鲁冰花就是母亲，母亲就是鲁冰花。我早已过了儿童时代，但只要听到这首歌，还是会情不自禁地想起曾经的苦涩岁月。

但换个角度想，苦涩亦是幸福，让我看到了母亲更无私的一面。我如今做了母亲，才深知母亲的不易、母爱的伟大。我渴望苦涩岁月成为过去式，别再出现在人间。我若能一口气将那些忧愁和不快统统吹散，只留幸福在人间，该有多好！

理想很丰满，现实很骨感。大多数女子都会做母亲的，等到懂得母亲的恩情大于天的时候，恐怕早已做母亲多年。

古往今来，多少文学作品都与母爱有关："谁言寸草心，报得三春晖。""慈母倚门情，游子行路苦。""辛勤三十日，母瘦雏渐肥。"

文学作品本身就有教化作用，读书、明理，才是对的。沐浴母爱，善待母亲，祝愿母亲寿比南山、福如东海，是天下儿女的心愿。

母亲有爱，家中有温度，人心有温暖。全家人围绕着母亲，在母亲膝下承欢，三世四世同堂，其乐融融，羡煞旁人；同时，自己也备觉幸福。回家有去处，心有所依，将孤独和寂寥能抛多远，就抛多远。沐浴在母爱之下，将日子过成一束花——鲁冰花的模样，风雨依旧，它自顾自地绽放，如虹，多色，绚丽无比！

紫露凝香

下乡，去唐藏镇。进了一户农家，小院里种有两盆同样的紫花。仅是花盆材质不同，一个是瓦盆，一个是搪瓷脸盆。

深褐色瓦盆，精致，与半垂的狭长绿叶、翠绿色的椭圆形小果粒、蓝紫色花朵相搭配，显得典雅贵气；浅白色搪瓷盆，大众，在农村随处可见，一丛紫花，随意绽放其中，野味十足。雅俗共赏，皆因它——紫露草。

说是草，觉得有些委屈它，叫花似乎更确切。不过，这也是我的一厢情愿罢了，不知它是否同意。为了不令读者茫然，还是顺了约定俗成的叫法，唤它草吧。或许，别人会说，不就是一株草，开了几朵花儿，便大惊小怪起来。

于我而言，花儿是生活里的灿烂光辉，是洋溢在人们脸上的笑容，是荡漾在心里的涟漪。故而，大凡喜爱花儿的人，至少是热爱生活的。倘若再能精细地打理、照顾好遇见的花花草草，生活的雅趣倍增，心里的那一抹风景独美，永不凋敝。

美了眼眸，美了心情，更美了人生的境界。美，是一种生活态度。与农村、城市无关，与风月无关，与年龄无关，更与贫富无关，只与是否爱美，是否有一双发现美的眼睛和一颗渴望美、存放美、升华美的心有关。

住在心里的美，总是那么深刻，那么生动，那么深情。

近看，花儿的茎秆拔节，如同竹子。看着，赏着，乐着，竟发现紫露草的寓意自带美好——节节高！怪不得村人如此喜爱紫露草。最朴实的心愿，被隐含在一盆花里。

大抵是因为有如此美好的象征，它才备受尊崇。风过吹人醒。紫色，是高贵的颜色；竹节，寓奋斗之意。看它，又受启发：人，要想活得高贵，就必须奋斗，才可有"节节高"的收获。

正午，我坐在院中的阴凉地，与瓦盆紫露草对视。还嫌不够亲近，起身，去了花前，见花瓣、花蕊颇有特色；又背对搪瓷盆紫露草，淡淡的香气随风而来，潜入我的鼻翼、我的脑神经，接着给我一个热烈的拥抱——紫露凝香，如此美妙，如此惬意，我不禁飘飘然。

人，不论贵贱，不论身处何地，只要想绽放出自身的精彩来，即便是一株不起眼的纤细小草，也会努力向上，活成花的模样。

果真应了那句：你若盛开，清风自来！

紫露草，如今已被广泛种植，甚至显得有些普通。种子入土或者扦插皆可，只要与土壤、空气、阳光、雨露接触，便可活得顶天立地，惊艳人们的眼眸，惊艳时光。

平淡中见惊奇，如同习惯了混浊的空气时，一缕清新香气，夹带着日月的灵气、露水的清纯，忽然来到我的身边，来到这个世界。

几日过去，我依旧记得紫露草逆光的样子，很美。紫花，清露，碧叶，在晓风里微摇的姿态，不娇不媚，俗态里又见几分纯净，贵气里又见几分矜持，一种不能言说的气息，悄然流动。

早晨，若与它撞个满怀，定会暗自庆幸，此日定是好运相伴。

喜欢紫露草那种接地气、不谄媚，却活得异常精彩的样儿。我若能像它那样活，也好——凝香，凝气！

一株君子兰

《辞源》称有才德的人为君子。那么，百花当中的君子当属"黄金花卉"君子兰。在中国的众多花卉中，能以君子命名的，恐怕它是唯一一个了。君子有兰，名字听起来都是谦然。

古时，君子常以兰自况。兰花如"君子谦谦，温和有礼"，君子当如兰花般"有才而不骄，得志而不傲，居于谷而不卑"。君子兰是将二者有机结合，且相得益彰。

当然，它堪称君子，也是经过生活实践考验的。

它原产于南非南部，后来被英国人发现，移栽到私人花园。接着，又有几个国家相继栽植，直到1932年，君子兰由日本传入长春。大概君子兰发现长春是一个来了就不想走的城市，从御用花卉到民间庭院、阳台花卉，它留恋这片土壤。于是，君子兰就留在了这里，并且成功登上长春市花的宝座。

君子兰之所以备受尊重，是因为：近看，会发现，它的叶片如利剑出鞘，革质，其形俨然是一位不屈的君子，傲然挺立，不畏风雨，不怕骄阳，四季苍翠。"千磨万击还坚劲，任尔东西南北风"的诗句，正是它的写照。据说，周总理对君子兰钟爱有加。

冬春时节，万物处于"藏"与"发"之间，尤其在北方，想见到绿意，还需些时日。这时，家里若有一盆君子兰，可全方位地满足人们想见绿色的心愿。叶，葳蕤，苍劲；花，橙黄或橙红，怒放在顶端。这是花开富贵、幸福美满的象征。

再细看君子兰的叶片，不难发现，所有的叶片都长得密集，且都围着一根短而粗的茎秆，仿佛所有的叶子都在齐心协力地支撑着顶端怒放的花朵。顶端的花朵像剑士高昂的头颅，淡然散开，又一朵朵散放。叶，团结；茎，刚正不阿；花，内敛。

就整株的姿态来看，君子兰果真有着君子一般的风范。它有着君子的幽静与贤达，豁朗与素雅，不挤热闹，不喜群居，不争宠，不谄媚。端庄，静立于风中，洁身自好，随清风而舞，伴明月而眠。不论土壤肥沃与贫瘠，即使盘踞在寒冬的悬崖边，亦能屹立在冰天雪地里，在冰雪未消融的初春，绽放一抹惊艳。故而，才说君子有遗世独立、幽静素雅的兰花品格。

据说，君子兰有清新空气之功效。家有君子兰，室内空气都会纯净、健康许多。那么，我们心上若蒙尘，可否借君子兰洗涤？若我们用一颗纯净之心去对待这个世界，或许，世界也会对我们温柔以待。

每每看到君子兰，心中顿觉日常总与美好相伴。失意时，来到阳台、客厅静观君子兰，细品，思悟，那些不愉快渐渐都化作乌有，被君子兰坚韧、挺拔、不屈的高尚品格，以及始终如一的生活态度所感染——花，开与不开，自然就好，皆应淡然、从容视之。即使无花，它的叶也苍翠欲滴，从不刻意地吸引人的目光。相信有朝一日，它终究会开放，只是早晚的问题。在它身上，演绎的是人生大义。

君子兰，是君子与兰花的极致代表。演绎的，是君子的风尚；展现的，是君子的风度；彰显的，是君子的风范。

我喜君子兰，也揣摩、学习君子兰的品格，渴望做一株人世间的君子兰！

杜鹃花

杜鹃花，这么文雅的花名，我第一次听说还是在十年前。

之前，我只知道杜鹃鸟，它是人们不大喜欢的一种鸟，因它的鸣叫太过于悲情，令人欢喜不起来。然而，杜鹃鸟哀鸣的时节，恰逢杜鹃花开。一丛，又一丛，悄然连成了片。远望，似乎要映红整座山，因此，有些地方直接叫它"映山红"。

映山红，这个名字听起来有些直白，却很有画面感。花儿规模很大，大到浩浩荡荡，山体几乎全被花儿映红，这也说明，花儿开得浓时，如火如荼，势不可当。如浪的红色，层层叠叠，风过处，"长江后浪推前浪"的花浪，霎时间就传到山的对面去了，花香弥漫整座山，弥漫在空气中，也将赏花者浸染得香香的，不浓，不酽，却让人怀疑自己早已幻化成花仙子了，不舍离去，要看个够！

我今年没能去山中赏花、闻花香，却在闺密家里见到她公公买回来的几盆杜鹃花：粉红、玫红、正红，与泛着油光的绿叶相衬，美得清晰，美得舒服，美得和谐，美得令人惊羡。

闺密的公公说此花像小姑娘，穿着不同程度的红衣服、绿裤子、铁锈红或者黑色的鞋。任谁看一眼，都会铭记，如此漂亮，如此心疼（当地称赞姑娘讨人喜爱的方言），不近距离地多看一些时日，都对不起杜鹃花的面庞，和这一场花事。

我听罢，瞠目结舌。一位年逾古稀的老人竟将杜鹃花说得这么可爱，这么讨喜。他是位村医，还当过村书记，读过书，出过山，见过世面，因而，他形容杜鹃花的这件事，我虽吃惊，但不意外。我看到了这位老

185

人热爱生活，重视爷孙情、人性美的一面。

从闺密家出来后，我立刻满街寻找杜鹃花，未果，一连找了三次，终于买回一盆。看来，我跟杜鹃花的缘分尚浅。一场迟来的邂逅，让我心中存留了多日的遗憾变成了欣喜。早出时，看一眼；暮归来，再多看几眼。像是牵念了一日的人儿，终于见面了，那种一日不见如隔三秋的思念，使我盼得难受，盼得着急。等不及回家了，进门鞋着鞋，就往杜鹃花跟前跑。

不只我一人喜欢杜鹃花。自古文人墨客因杜鹃花而诗兴大发的不胜枚举。唐代诗人李白以一片苍茫无涯的愁思将全诗笼罩了起来："蜀国曾闻子规鸟，宣城还见杜鹃花。一叫一回肠一断，三春三月忆三巴。"唐代诗人白居易见到满山杜鹃盛开，认为这是爱神降临："闲折两枝持在手，细看不似人间有。花中此物是西施，芙蓉芍药皆嫫母。"宋代诗人杨万里奋力赞颂杜鹃花质朴、顽强的生命力："何须名苑看春风，一路山花不负侬。日日锦江呈锦样，清溪倒照映山红。"

诗人站在不同的角度赞颂杜鹃花。杜鹃花的姿态万千，不尽相同。春开，夏仍有花，浓妆艳抹，隆重登场，慢慢谢幕。一场绚烂无比的花事，总能引起人们的无限遐想和憧憬，甚至有人发出"能活成杜鹃花的模样，也不枉此生"的感慨。

关于杜鹃花的故事有多个版本。或悲，或喜。不论哪一个版本，都是说，杜鹃花是真善美、舍小利取大义的象征。无疑，这让杜鹃花更具有了正能量，更受人尊崇。

杜鹃花也是世界著名花卉。有些省市还拿它做市花，足见它的地位举足轻重。

人若如杜鹃花，自会有受人敬仰、受人拥戴的人生。舍己为人，为正义而生，为社会的健康发展而发挥自身功用。心，如杜鹃花的颜色，公平、公正、公开地去做人、做事，何愁不会自带光环、自带能量？

第五辑　身外乾坤无俗尘

相遇时欢喜，相处时用心。今生，遇到了，就善待。感性地看待，理智地选择，愿彼此温柔以待。

遇见，蒹葭苍苍

《诗经》中有"蒹葭苍苍，白露为霜"的佳句。多少憧憬"诗和远方"的人，心中总有一片蒹葭，在时光流转中，愈来愈葱茏。

清波粼粼，蛙声阵阵，细风柔柔，站在水畔，远望，在水另一方，一丛丛蒹葭，宛若伊人，亭亭玉立，与人对视，眸子里噙满深情，显得更柔美，更有意蕴。

多少男子，心中都住着一位女神。貌美如花，气质卓然超群，一颦一笑，皆散发着优雅；一去一来，乘风，欲仙，谁人不羡，何人不痴，几人不醉？

梦里，恍若与伊人亲密无间，神交，言语不多，却心领神会，不是停留在"一箪食、一豆羹，得之则生，弗得则死"上，而是欲追求"腹有诗书气自华"的美好。

我是一名女子，已然走过几十个春秋，在《诗经》里停留多次，却未曾真正见过蒹葭苍苍之醉美。今逢闲暇，独立于此，神思走近那个地方——从《诗经》里走出来的蒹葭河畔。

有位佳人，在水一方。纤细、柔软、婀娜……极尽美好的词语都用于她，也一点不为过。曾经的梦想与憧憬，在思绪中与眼眸相撞。

见，那是一抹醉了两岸云烟的时刻；不见，那是一种韵味依然的静好岁月。见与不见，蒹葭与清水相伴，不论晨暮，不管日月，尽显风花雪月。

蒹葭，从《诗经》里走来，悄然带着楚辞汉赋、唐诗宋词的美韵，越五代，过明清，每片狭长的叶子里古意盎然，中间一道深凹的叶脉，是保留自己从西周而来的路径。摸着这条"路"，我仿若又回到身穿襦裙、长发徐徐、发梢与腰间的丝带在风中曼舞的时光……

倒影与水上的蒹葭连接，组成一幅画，身处此地，恍若隔世，不羡鸳鸯不羡仙，只愿在这里与《诗经》相拥，与蒹葭相看两不厌。

他与她邂逅在初夏。

她，身材窈窕，身上散发着一种"魔力"，T台下，各类拍摄工具抓住台上的瞬间，几连拍，在许多人的朋友圈里可见她。头顶上闪耀着省赛冠军的光环，熠熠夺目。

然，她却静守流年。

有人不解，问：你都二十八岁了，还不谈恋爱？她答：我都不急，你却着急。

关键是，在她的眼里、心里没遇到合适的人。她相信缘分，甚至相信故事里的"一见钟情"。

走秀，她突遇尴尬，背部拉链故障，她站在入场台阶上不知所措。他，正在检查音响，忽见此状，不露声色，走到她背后。

她吓一跳，他挨着她耳朵"嘘"一声，然后顺手拿起一枚别针挂在拉锁头下面，阻止拉链下滑。她回眸一笑，轻声道了谢，信心十足地继续上台走秀。

他站在台下，看到她裙摆上的印花——一位妙龄女子，一袭古风衣服，坐在蒹葭丛前，仰望，注视，貌似在等待，像是很久，很久了。

他的思绪飘到很远很远的地方。曾几何时，他，五岁，随父亲去钓鱼，路上，收音机里飘出"蒹葭苍苍，白露为霜。所谓伊人，在水一方。溯洄从之，道阻且长。溯游从之，宛在水中央"的诗句来，当时，他全然被那缥缈的声音迷醉，半天，都未和父亲言语。

忽然，他发问，蒹葭是何物？得到的答案是，蒹葭是一种植物，即芦苇。蒹，尚未秀穗的芦苇类的植物；葭，初生的芦苇。

他成年后，又知，《蒹葭》出自《诗经·国风·秦风》，大约来源于两千五百年以前秦地的一首民歌。他，是地地道道的秦人，曾在三秦见过熙熙攘攘、密密匝匝的芦苇。如今，身处南方，与她有缘，和蒹葭有缘，莫名亲切。

他五岁时，已在心中勾勒出了"伊人"模样，可在这一晃几十年里，未曾有人能对号入座，住进他的心里。

她，今天一下子走进了他的心里，以蒹葭为媒，驻扎在他的心里，永远不走了。

三十年，两人仿若芦苇，初生，葱绿，长穗……朝朝暮暮，风风雨雨，相依相伴。两人互望，银丝苍苍，满足、幸福、会意一笑，岁月在脸庞上若无其事地打滚、对折，看不见沧桑，却只见比那芦花还灿烂的笑容，包含着说不尽的美好，一点一点地流淌着，回味着，享受着……

"蒹葭苍苍，白露为霜。所谓伊人，在水一方。溯洄从之，道阻且长。溯游从之，宛在水中央……"

草，亦有纽扣

我喜长裙。买回一条古风的藕粉色长裙，胸前的流苏取不掉，略感遗憾，只能全部手洗。如此一来，流苏被揉成了一把草，个别流苏线，还会缠绕在挂流苏的纽扣上。

草。纽扣。

这两个词语让我想起在乡下见到的帽儿叶——

那时，在田间地头、房前屋后种花的人寥寥无几。饥肠辘辘是常态，哪还有闲情逸致追求美的享受。我们小孩，趁着大人去地里干活的当儿，三五结伴，来到发现的"宝地"寻觅"粮食"。

睁大眼，全神贯注地探索。一种叶大而圆润的草闯入伙伴虹的眼睛。她揪了一片叶子，顶在头上，说是可以当草帽用——遮阳。我们嘲笑她傻，可就在我们笑得合不拢嘴，准备继续"借题发挥"时，她又开始用舌头尝这种草结的籽。

我们翘首等她亲口告诉我们她的品尝结果。她咽下去后，数秒，才说话：甜甜的，没啥怪味。

天哪，不会有毒吧？我胆小，顺嘴说了一句。

其余几个伙伴才不管我的想法，各顾各地开始扒拉草叶，寻找形似圆饼，又像纽扣的草籽。我看着他们吃得怪美，心里的顾虑早被嘴里泛起的涎水淹没。我也找了一颗，放入口中，果然有点脆，又有点甜，还微涩。

在那个缺吃少穿的年代，能有这种草籽来充饥也不错。目及之处的草籽吃没了，身上似乎也有劲了，又开始玩耍。

摘上几片长茎的帽儿叶，挂在耳朵上。叶片两边向中间对扣，略白的叶背露了出来，条条叶脉清晰可见。一动，便摇摇晃晃，仿若富家太太、小姐们耳朵上的坠子。长长的田野版的耳坠，就这样，经我们之手诞生。

我个子小，在前面走着，帽儿叶坠子晃着，他们在后面笑着，说着：谁家娶媳妇，赶紧的哦……

我害臊，赶紧跑到后面，一脸娇羞，藏在虹的身后。

后来，我真的打了耳孔，戴上了各款耳坠，长的、短的、民族风、淑女范、气质款……

长耳坠摇晃时，有时会碰到我的脸颊，我便会念起乡下戴着帽儿叶疯跑的美好时光。现在肯定是回不去了，可藏在心中、流年里的纯真、朴实，却无一能替代。

就在我念旧分神的当儿，我裙子上的一粒扣子掉在了木地板上，跳了几跳，才滚起来。响声不大，却惊动了我。趴在木地板上，找纽扣，找到了，是一颗小绿扣。

扣子的大小与帽儿叶的草籽差不多，我拿在手里，笑了。果真应了那句"无巧不成书"的老话哦！

一株草，兀自长在路边，不和高树、名花、有人照料的庄稼攀比，只管活成自己想要的模样。

看得见、摸得着的欢喜，便是人间最本真的初心。

如今，耳坠、纽扣款式繁多，眼花缭乱的同时，心，也不稳了。跟着潮流晃悠，那颗帽儿叶耳坠的初心多半是被遗忘在一个灰尘老多、老厚的旮旯里了。

女孩子喜欢美，觉得帽儿叶的籽像纽扣，而男孩子则觉得籽是他们嘴里、胃里的干粮，于是，他们喜欢叫它"灶干粮"。而我还是喜欢叫它

"纽扣"。

时光从不厚此薄彼，自然不会停留在我家的门楣上不动弹。所以，这些年，回到乡下，也很难见到帽儿叶了，更别说再去体验一把其中滋味了。然而，存于我记忆里的帽儿叶，时不时地就会冒出来，被我忆起，即使那段时光已泛白，也不可能被抹去。

是啊，世事再怎么沧桑，日子再怎么滋润，有些留在记忆里的美好过往，还是需要珍藏、咀嚼、回味的。只有如此，才能时刻提醒自己，且行且珍惜，不忘初心，方得始终！

一种草，与菩提有缘

草，田间地头、房前屋后、堤上路边……无处不有，无处不生，甚至，走哪儿是哪儿，生哪儿是哪儿，住哪儿是哪儿。

我曾学过《石缝间的生命》一文，深知，草儿的生命极其顽强，万万不可小觑。文中的草，是广义上的草。

世间有一种草，与菩提有缘。与无患子一起，有"一草二木"之称。

现在常见身边的人，拿着木菩提细数。细察，他们也不一定是佛家弟子，只为求一种心境罢了。

心，静与不静，唯独自己最清楚。

前几年，我混迹于文学网站，每天至少写一篇文章，发给社团。社长常常会亲自给我编辑文章。他说读完我的文章后，便可知我心静与否。若静，文辞达意；反之，则不然。我听闻，重坐屏前，细读文章，果真是文章暴露了我。准确地说，是出卖了我的心。

心，若静，曾觉棘手的问题，或许也会想出良策来。喜欢文玩，喜欢木菩提的人一定是心静之人。

生活在路边、地头的草菩提，更接地气。小时候，在乡下，并不知道这就是与佛有缘的草菩提。大家给它取了一个更有烟火气、更能体现其功能的名字——"门帘豆"。

关于草菩提也有一些记载。《校量数珠功德经》曰："若用菩提子为数珠者，或用掏念，或但手持数诵一遍，其福无量。见数珠条。案菩提子一名川谷，一年生草。所在有之，春生苗，茎高三四尺，叶如黍，开红白花作穗，夏秋之间结实，圆而色白，有坚壳，如珐琅质。俗用为念佛之数珠，故名菩提子。"

村人并不知道草菩提的由来，只觉得夏季，珠子老了，硬了，刚好派上用场。中午，天热，他们坐在阴凉地，用针穿过珠子中心，带上线，一个、一个、一根、一根，合在一起，便是门帘。纯植物、纯手工，物美且环保。

村人看着自己手里的草菩提帘子，颇有成就感。风大点时，帘子上的草菩提相互碰撞，发出"唰啦啦"的声音，时弱时强，富有韵律美。伴着从任何一个缝隙里钻进来的夏风，那真叫一个舒爽。这种每个毛孔都舒爽的感觉，仅凭我的几个文字来描摹，显得肤浅许多。

草菩提，既然与佛有缘，那定是教人向善，见贤思齐。在乡下，村人也不懂那么多，但他们有个共识：善良是根基。淳朴、憨厚是先辈言传身教、潜移默化的结果，且代代相传，成了他们的人生底色。

活得漂亮是人生亮色。于是，渴望生活得到改善的村人，开始编织善良的梦，彩色的梦——盖新房，挂新珠帘，听新歌，展新颜……一切都是新的模样。

草，遍地都是。菩提，却非如此。愿世人皆有一颗菩提心，一颗善心。

望着草菩提，若有所思，它教人学会在生活中磨炼、沉淀和提高心境。

相由心生，境由心造。目睹草菩提，心有所想，心有所思，或多或少，或深或浅，皆可领悟人情温暖，感悟人生真谛。草木一秋，人生一世，该给后代子孙留点什么？人要怎样活，才活得有价值、有意义？

一株草，也有价值。一粒菩提豆，或做手串，或装饰门框，均是竭尽所能。刹那间，我对草菩提心生敬意，觉得应向它学习。

姑娘，灯笼红六月

六月，北方小城，天气刚刚热起来。

老家，新屋子里有些闷，想出去透透气。我刚要挑门帘出去，忽听父亲感慨：还是老屋好——冬暖夏凉。

老屋，是六年前的事了。大弟弟说，前后院各盖了小二层，父母住着三间旧房，地势低，一到夏季，屋里潮湿，有时地上一层白毛，令人惊悚。全家商量后，决定推倒旧屋，开启三间新房平地起模式。

如今，父亲住进新房已五年，可他心里总有一个结。我真想找一盏灯笼来，照亮他的内心，驱散他心上的愁云薄雾。

那些年，我还是大姑娘。五六月间，去地里找猪草。看到一种草，结了果子，多棱，有凹槽，通红，远比山丹丹花明艳，惹得我们几个姐妹瞪大眼睛，瞅着果子，都想抢先摘一个下来。

丁立梅说：女人的年华，原是经不起寂寞弹唱的，弹着弹着，也便老了。

眼前的果子，有橙红，有火红，像天边的火烧云，热烈，强势；外形看起来酷似灯笼，在不冷不热的风里摇曳，向左，向右。

姐妹们玩石头剪子布，谁输，谁来做第一个采摘"灯笼"的姑娘。最终，我输了。

我摘下一盏红灯笼，还没细看，姐妹当中最调皮的一个便抢过去，放在耳边摇晃几下，说：里面好像有个大宝贝！话落，她撕开红灯笼的外层，里面露出一个肾形的果子，泛着红光，映在我们脸上，红彤彤的，平添几分娇羞。

晚上，我回家问母亲，白天遇到的"红灯笼"叫什么，她说，就叫灯笼草，也叫"姑娘儿"。

明明就是一株野草，一株无人管理、恣肆生长的草，怎么会长得如此好看，就连名儿都和姑娘有关，太不可思议了！她的生命热情似火，红得耀眼，红得灿烂，把一旁冷冷站着的绿草的心也给点燃了。

一天，我提着一把灯笼草，从老城街道大摇大摆地往回走。刚走到陈伯药铺门口，他叫住了我，问我：春燕，你家有人咽喉痛吗？我感到莫名其妙，以为他要卖药，眼睛里不带善意，冷冷地甩出两个字：没有！

走在路上，我心里不是滋味。心想，赶紧回家，用线把这灯笼草的果儿串起来，挂在通风处，一定好看。

还别说，果真好看。外面像灯笼，凹凹凸凸，褶皱不少；里面的肾形果子像小姑娘的脸，像玛瑙。

姑娘，在阳光和风雨的陪伴下，长着，长着，就长成了长发及腰的待嫁之人。我们几个小时候一起抢灯笼草的玩伴，一个接一个地嫁了人。

有个玩伴选的良辰吉日是正月十六。我们商定，一定要给她的手里塞一对"红灯笼"，寓意婚后日子红红火火。可季节不对，乡下野草已衰败，红无踪，绿无影，想摘一对灯笼草给新娘，显然无法实现。为了不扫兴，虹亲手为她做了一对小小的红灯笼。

不料，这事让老人们知道了，大骂我们损。我们一头雾水，后来才明白老人们的意思，说正月十五祭祖挂灯才提红灯笼。

我们跟老人们狡辩，人家结婚是正月十六，过了十五了。老人们拿我们没办法，只是叮嘱我们，以后再别独出心裁了。

我们嘴里答应着，心里仍在祝福：婚后生活红红火火。

或许是我们的合力祝福感动了上苍，那位新娘顺水顺风，日子过得令人羡慕。

我们几个每每见到新娘，都会相视一笑，其中的奥秘，只有我们懂得。

时隔多年，前两天我刚说想写灯笼草。朋友说，它可以治疗蛇咬伤或者狂犬咬伤；另一朋友说，它还有一名叫酸浆，跟《诗经》有交集。后来，我查阅了许多资料，得知，治疗蛇伤的是一种形似灯笼草的"地铃"，二者的种子有区别。

姑娘儿也好，灯笼草也罢，或是酸浆，只要带着真善美，就定是草木早知人间冷暖。

听母亲说，姑娘，灯笼红六月。我想说，姑娘，灯笼红一生！

但凡姑娘们出嫁那天，肯定都有一片灯笼草的颜色，红红的，红到天边，红到人心里；婚后，日子红红火火。

想到这里，又想，不知那些伴青灯的出家女子，可曾后悔。我化用丁立梅老师的句子：悔不该踏进佛寺门，孤灯清影与世隔绝。布满红灯笼颜色的尘世，真叫人留恋。

纺车草

陌上花开蝴蝶飞，乡野追跑纺车草。

一到七月，放了暑假，乡下孩子就像脱了缰绳的野马，四处疯跑，连吃饭都要家长站在门外、麦场边唤上多时、喊上几回。孩子们心里就像没有回家这个概念一样，自由、快乐，仿若长了翅膀，飞跑出家门好远，才过瘾。

过去，我们乡下孩子没有玩具，便把田野里、路边、河滩等一切能找出利用的资源统统用起来，自制许多玩具，不断发明，不断创新，不断改进玩法，许多游戏规则也是"朝令夕改"，可我们就是觉得其乐无穷。

谁家孩子有张彩色硬纸，不管是书皮，还是画报，都能让别家孩子瞪大双眼盯上半天。

男孩，女孩，年龄参差不齐，围拢，眼巴巴地看着拥有彩纸的孩子做风车，迎风转。为首的孩子平举着纸风车拼力奔跑，纸风车转呀转，一圈一圈，欢实得很。他在前面跑，屁股后面跟着一连串的孩子。他跑得更快，笑声更甜。

家里条件好一点的玩伴，会拿出压箱底的东西——泡泡糖，换取玩一会儿纸风车的资格。像我，一个家境贫寒的孩子，只能眼巴巴地看着别人开心地疯跑。

我们几个女生，看到不远处有一片草地，开着小白花，一片清雅。女孩子天性喜欢采花，一起拥了过去。

花白，草绿，倒也清丽。草儿的茎秆，直立，有节，有四棱，茎中部以上有小枝条；叶，对生；花儿，格外密集。折断后，找一根微细、有硬度的叶柄，最好是硬长刺，扎进草儿的茎，横穿，放在面前，嘟起嘴巴，轻轻一吹，它也能转。玩伴们惊呼：转了，转了！

回家问爷爷草儿的名字，他说，叫纺车花。像，真像！草儿带着花儿一起转的时候，真像纺车。

纺车花陪伴着我长大。后来，住进了混凝土楼房，很少走进郊野。暑假，回了老家，但凡遇到对的季节、对的时间，便要寻找一下转动着我童年记忆的纺车花。

我喜欢叫它花，而不是草。

直到后来，我才知道它其实就是白花益母草。《本草拾遗》和《滇南本草》里说它可做女性的益友。也是缘分，我十二三岁时候，就与它结缘。

现在，看着街道上五颜六色的大风车，却让人心里热火不起来。冰凉的塑料纸，有耀眼的色彩，但没有大自然泥土的芳香，没有采摘、追跑、欢呼的过程，没有纺车花转成风车的乐趣。

现在许多景点，都有人工打造的水车，它的叶轮像极了纺车。每每目睹水车转动，我的脑海里便会无数次地回溯。

科技迅猛发展的同时，简单的童年记忆却永远活跃在我的脑海里，如同纺车，一圈、一圈、一遍、一遍，转个不停，看不够，看不厌……

无论你去哪里，都能遇见最好的自己。然而每个人童年的印痕只会在岁月中深藏，发酵。细嚼，回味。年龄渐长，对回不去的童年更向往，更相思……

马莲谣

下了早操，路过教学楼北门口的花坛时，无意间，双目攀上了一丛蓝色——马莲花。

唱过马莲花的歌者，我如数家珍：德德玛、腾格尔、龚玥、祁隆……此景让我想起德德玛的那首《蓝蓝的马莲花》：

> 蓝蓝的马莲花
> 远古播撒的美
> 蓝蓝的马莲花
> 童年编织的梦
> ……
> 珍藏多少往事
> 牵着多少思念
> ……

马莲花，其实就是马莲开出的花儿。有些地方也叫它马兰花。

马莲，在我们当地可喂牲口，也可以晒干做绳子，用来捆扎蔬菜等。

我在农村长大，家里是蔬菜队的，种菜是主业。一到春季，各种绿争先恐后地闯入我的眼眸，割一把韭菜，砍一棵莲花白，拔一撮大葱。夏季，菜园里最热闹：西红柿、黄瓜、茄子、豇豆、菜花等相继登场。秋季和冬季蔬菜相对少些，尤其是可捆绑的菜更少。少归少，终究还是有的。我抬眼看着五株香菜、七棵菠菜，被紧紧地扎成一把，相互紧挨着，几乎不留缝隙，像是要赶跑冬天里的寒意。

父亲对马莲情有独钟，因为他喜爱养殖牲口，初夏割，三伏天也割，晒干，囤聚起来，以备冬天用——让牛羊鼓起肚子，以便长膘。父亲想到这里，往往都会露出一个不易被人觉察的微笑……

夏天，父亲看着牛圈隔壁草房里的干马莲，两眼放光，乐滋滋地走出来，点上一支香烟，吐出最大、最漂亮的烟圈，像雾，像仙气，缭绕、盘旋在他的头顶，一点一点，不肯散去，他一口又一口地继续吐着，完全陶醉在自己丰硕劳动成果的喜悦里面。

冬天，父亲去草房取一捆干马莲，放进铡刀下。弟弟把铡刀抬起，又重重地压下去，马莲被切断了。父亲看马莲的视线，已不是一条直线了，成了线段，一截一截的。后来，他实在忍不住了，给弟弟说，铡慢点，轻点。

我幼时好奇心很浓。马莲花这个名字怎么来的？是跟一个叫马莲的女子有关，还是……？

耳熟能详的《马兰花》"马兰花，马兰花，风吹雨打都不怕，勤劳的人儿在说话，请你马上就开花"似乎可以说明点什么。

马莲在我家是常客，可我童年里关于马莲的记忆却是这样的——

几个孩子找来一根橡皮筋圈，用一只脚随意勾着，将皮筋控制在脚踝上下，另外一只脚随着嘴里唱歌的节奏，绕着脚上的皮筋，一进一出。

"马莲开花二十一，二五六，二五七，二八二九三十一……"我们不厌其烦地重复着这首歌谣，跳得有滋有味。起初，孩子少些，其他围观的孩子，终究抵挡不了，被这种游戏的乐趣所吸引和熏染，喊着，闹着，也要加入。只要能排得下，就答应让他们进来。男孩子、女孩子，穿着红红绿绿、黑灰蓝色的衣服，像是一幅画，五彩缤纷。

盛夏，晌午，太阳拿出自己所有的力气照耀大地，像是要晒化世间万物，我们女孩子多数立到树荫下，男孩子偷着跑到河里游泳。

有时几个女伴都被妈妈叫回家，留下我，杵在原地，很无聊。我便找到父亲，央求他陪我玩。在那个玩具极其匮乏的年代，父亲开动智慧的大脑，用割来的马莲给我编小马、小鸟、小兔、老鼠和鱼，浑身深绿，偶尔配上一点草叶，这些马莲玩具能令我高兴好几天。我把它们拿到小伙伴面前炫耀，惹得他们回家闹着要他们的爸爸也给他们编小动物。

后来，一帮子小伙伴，拿着各自爸爸给自己编的各式各样的玩具，玩起配音，"驾，驾，驾"督促马儿跑，"咕咕，咕咕"学鸟叫。哪里有我们拿着马莲玩具的身影，哪里就有欢声笑语。

在我的印象中，马莲就在歌曲里。它的颜色与众不同，最自然的蓝，花瓣上带一点白。从歌曲《马兰花》里可看出，它来自远古，播撒着一种神奇。草原、田间地头、路边、河堤等地，均可栖身。卑微而又坚韧，无论生活环境怎么恶劣，都无法抑制它的生存，生命力反而会愈来愈顽强。

广袤无垠的草原上，蜿蜒曲折的公路边，一亩二分田地里，陡然见到一丛、两丛的马莲花，在风中跳跃着、摇曳着，闪着路人的眼眸。路人驻足、静立，与马莲花对视，许久，许久，就会感觉到有种不服输的力量悄然出现，朝他们涌来——善良、勇敢、坚毅、宽容，之后自然也能体会到幸福的含义和分量。

马莲花仰天歌唱，唱勤劳的人民，唱男女恋情，唱世间的幸福时光……

马莲花的寓意据说跟恋情有关，有人说它是宿世的情人，也有人称它是恋爱使者——是"小伙播撒的美……姑娘编织的梦"。

马莲花象征着勤劳、朴实、勇敢的劳动人民。花开美丽，换句话说，只有勤劳才能换来幸福的生活。

相逢不如偶遇。既然遇着了，就珍惜这次相见，这份缘分。前世不相欠，今世怎相见？世间一切的一切，皆是因了缘分，才有遇见。

随着现代绿化面积渐增，美化花卉品种繁多，生态廊道涌现。在我每次回家的省道两侧，总能遇见升级版的大马莲花，它有个很洋气的名字——鸢尾花。可我还是觉得乡间版的马莲花更能聚拢人心，更能旺人气。

花花草草，从人间来，到人间去，才会有一种生生不息的力量。马莲花亦是如此。它与人接触，教人坚毅，让人学会在困难挫折面前挺起脊梁，勇往直前！

"蓝蓝的马莲花，蓝色的美，蓝色的情，牵着多少思念……"的歌声萦绕在我的耳畔，飘呀飘，飘向花坛里那丛马莲花，飘向远古……

身外乾坤无俗尘

每年暑假，我都得去乡下工作一些时日。虽说不十分情愿，但转念一想，此时恰是赏景采风的好机会。如此一来，便也欣然前往。

路边、旧宅基地、田头、庭院果树下……狗尾巴草，随处可见。它兀自长着，不争，不抢，只是按照自己的生存方式活着。正如林清玄说："以清净心看世界，以欢喜心过生活，以平常心生情味，以柔软心除挂碍。"狗尾巴草，大概也是怀着一颗素净清淡之心来到这个世界的，不计较得失，让每一天都沾满欢喜，度过每个日子。遇到障碍，它以柔软之心将其融化或者绕过便是。

我不敢妄自说狗尾巴草的名字多么卑贱，又多么俗气，若能像它一样活着，那一定是富有生存哲学的。林清玄说："心随境转是凡夫，境随心转是圣贤。用惭愧心看自己，用感恩心看世界。"手端一盏茶，细品这两句话，会发现其奥义：一个人，欲达到这样的境界，需要几十年乃至一生的修行。

然而，低头看，抑或蹲在狗尾巴草跟前，与它对视数分钟，它依然是它。狗尾巴草，不向人们索求什么。哪怕是在石缝，它依然活成一抹绿，到了带上一条长尾巴的时候，它依旧那样淡定，那样洒脱，全然不会在意身旁任何花草的嘲笑，自顾自地生长。在它的字典里，或许根本就没有"趋炎附势"这几个字。

若无闲事挂心头，便是人生好光景。七月的风，八月的雨，采一把狗尾巴草回来，将其放入深色陶罐，便似沾上了些艺术气息。

俗话说，情人眼里出西施。它不是我的情人，但对于有生命的东西，我喜欢用欣赏的姿态与其交流，传递心语。

现在的年轻人喜欢赶时髦。大抵是因了《诗经》里馈赠荑草的情景，竟也相中了狗尾巴草。取上两根来，结成一颗心的形状，寓意深刻又美好。我像赏景一样，看着狗尾巴草和玫瑰花并驾齐驱，进入情人的眼眸，且入了心，动了情。

狗尾巴草与情有关，和爱慕有关。

我被熏染，手里拿着一把狗尾巴草，开始游目骋怀，思绪就像一匹脱了缰绳的野马，似驰翔到拉萨，在布达拉宫遇见仓央嘉措，他说："那一世，转山转水转佛塔啊，不为修来生，只为途中与你相见。"狗尾巴草也许是沾了淡淡的佛学味道，有着"大智"的成分。

人，多数是凡人，活成大智若愚的狗尾巴草的，为数不多。

那年，我带着几个学生去赏草，起初他们觉得异常奇怪，后来，他们捋了一把狗尾巴草穗，揉碎在手心，看那穗遇风，旋转成花的姿态，轻盈、洒脱、飘逸，自带魅力。学生看着，我引导着，他们豁然开朗。我勉励学生，不要在意人生路上有多少分岔，它们最终都会成为过去。所以说，人生路上常有风雨，只要坚强不屈，最后也会拥有花儿的精彩。

送走学生，我独自在校园里转悠，又见狗尾巴草，忽觉它的体内有一股倔劲，却用柔软的外表对待着日常生活。前后一联想，这一点和古训——做人外圆内方、外柔内刚，一脉相承。

经历日常，感悟生活，细察，才觉生活如花，如画。

眼前草木有灵气，身外乾坤无俗尘。

狗尾巴草分分秒秒都在营造和传递美好。

如此，甚好！

不起眼的狗尾巴草，不畏风雨，心系太阳，迎着晨昏，一直向上，向上……

草，羞答答地开花

草，往往使我们心情愉悦。不少人，尤其是追求心随境转的人，更喜欢雨后赏草。

看着它们争先吐绿，带着泥土的芬芳，和鼻翼、思维亲近，吸一口，顿觉空气盈满清新。草，在雨露的浸润下，显得愈加葱茏，愈加精神。其中有一种草，一触碰，就会"害羞"，人称"含羞草"。

那年，我教授史铁生老师的散文《合欢树》。文中提到母亲把合欢树误认为是含羞草，带回来，栽到盆中。从那时起，我才知道有种草如此内向，一摸就会呈现羞答答的样儿，宛若一位妙龄少女，红云飞上两颊，更惹人爱。

而这仅是我的想象而已。时隔多年，在乡下的路边见到含羞草，我像是哥伦布发现了美洲大陆，情不自禁地惊讶、兴奋起来，其中的狂喜，难以言表。

我带着渴盼，携着欢喜，蹲身，近察含羞草：花为白色或粉红色，花萼钟状，有八个微小萼齿，花瓣四裂，雄蕊四枚，子房无毛。我好奇，想验证一下散文中的含羞成分，便用手轻触叶子，叶柄瞬间下垂，小叶片立刻闭合。哦，这就是所谓的害羞！此时，它仿若在鞠躬，彬彬有礼。

含羞草的花朵呈绒球状，白色或粉色，很少女。配上纯绿的叶片，和谐，静美。

我触碰含羞草叶片的冲动又汹涌而来。这次力气较上次大了点，叶柄闭合得更快。我正在纳闷，却听跟我同路的人讲起了含羞草害羞的古老而神奇的历史根源。原来，它主要生活在南美洲的巴西，因时常会遇到狂风暴雨，所以它的叶片，一接触雨滴，叶柄便立刻下垂，以此躲避风雨的伤害。另外，为防止动物啃食它的叶片，一经接触，它就合拢叶片，吓得动物们望而却步，不敢食用。由此看来，它含羞的个性特征，还可用来自卫。

含羞草株形散落，叶片纤细秀丽，花多而楚楚动人，因而深受人们喜爱，常被作为观赏之花。但因它含有轻微的毒素，所以一般不适合室内种植。

有人对含羞草进行深入研究，发现它的药用价值极高。

以害羞、敏感、礼貌作为含羞草的花语，也不难理解。当今，我们身旁"含羞草式"的女孩愈来愈少，不免令我有些遗憾。我认为，具有娇羞感的女子，更像徐志摩笔下"最是那一低头的温柔，像一朵水莲花不胜凉风的娇羞"的女子，令人怦然心动。

不只是女子，男子也需有害羞之时，这样便能更自律、自励，更稳健地前进和发展。距离花儿绽放的日子，自会越来越近。

含羞草虽说来自遥远的巴西，但在我国"定居"多年，已经适应了这里的环境，也具有了中国式的诗意、古典的韵味。

看着含羞草，我慢慢想着、梳理着、悟着，思绪仿佛一下子穿越回唐宋。我轻移莲步，裙袂飘飞，行至溪旁，落座，抚琴。琴音起，少年来，横笛轻吹。顿时，我羞赧几许，埋头沉浸在高山流水遇知音的美好中，享受鸾凤和鸣，岁月静好……

诗意，荡漾在枝头

绿，缠绕着父母的笑脸，父母的皱纹；绿，凝结着我的希望，我的欣喜。

那年，我怀揣红底烫金字的大学录取通知书奔向学校。后来，按照学校安排，我住在水利培训楼。每天上课，总要路过几栋旧楼。

旧楼，四层，山墙上爬满绿叶。风过处，浓浓的绿意在墙头招摇着，跳跃着，荡漾着，动作幅度或大或小，皆是风景。

我觉得那一墙绿，浓酽如茶，一口气吹不动的样子。配上青砖旧楼，复古意味十足，让我怀疑我不在北方，而在南方。

那会儿，我并不知此种绿色植物为何物。问了别人，他们嘲笑我：没见过爬山虎？

"爬山"，我看出来了；而"虎"在何处，不得而知。于是，我的好奇心又占了上风。一日，见一只壁虎从墙根缓缓上行。一墙绿叶，一只壁虎，合在一起便是爬山虎。这样的认知，持续了几周。

直到某天，我在一本杂志上见到别人笔下关于爬山虎的文章，单说绿植，未说壁虎。我恍然大悟：原来"虎"就在绿植中。

从此，爬山虎就结结实实地与我结缘。去东边的教师家属院，见旧楼外墙上满是爬山虎，只有在两扇窗户的位置，凹下去一处光亮。夏日，主人开窗透气，窗扇倒成了特色点缀。

大暑，热浪逼人。窗外有爬山虎荫蔽，屋内凉意陡增，倍觉舒爽。我曾去老乡家里，领略过此种惬意，确实舒服。

大学毕业后，工作二十余载，免不了常回老家看看。路过副爷巷，总被西边的翟伯家小二楼外墙上的爬山虎吸引。木藤，形似葡萄藤，老枝灰褐色，嫩枝紫红色，前端有卷须，柔软，鲜嫩，翠绿。

六月，夏风穿过巷子，摇动一墙的绿叶，像极了徐志摩胸中的浓浓诗意，"软泥上的青荇，油油的在水底招摇"；花儿，黄绿色，微小，在枝头笑迎朝阳与暮色。

一晃，天色已晚，我也想赶上他诗句里的意境："寻梦？撑一支长篙，向青草更青处漫溯；满载一船星辉，在星辉斑斓里放歌。"我不由得羡慕起徐志摩来……

风儿，吹呀，吹呀，吹开了金菊，吹红了爬山虎。一墙绿，在秋风中燃烧成一墙红，依然浓郁，气韵不亚于夏季。借用杜牧的"霜叶红于二月花"来形容红色爬山虎，也不为过。

如此耀眼的红，贴在红砖墙上，层次感分明，浓淡适宜。我不想错过富有诗意的红，更不该不解她的风情。继而，拿起手机，选择不同的角度，将孕育着力量的一墙红叶定格。美哉，壮哉！

爬山虎属于多年生大型落叶木质藤本植物，所以，秋风渐猛时，它不堪忍受，便会干枯，落叶。即使如此，它依然有自身的药用价值。《浙江民间常用草药》记载，爬山虎祛风湿，通经络，止血。

一路成长，一路欢歌，一路精彩！爬山虎，一种极其寻常的植物，不挑肥拣瘦，不嫌贫爱富，风雨无阻，一心向上，接近阳光，造就美景，与人方便。

人，若不及爬山虎，那又怎能找到如虎的人生，成就丰茂、葳蕤的绿和红？

蛇莓

端午节小长假,敏姐约我同去马场爬山,回归大自然。恰好,那日很想出去透透气。便应允,前往。

车,泊在马场停车场。我换上平底鞋,和大家一起往山坡上走。不带任何精神负担,纯粹的休闲,让彼此感到轻松愉悦。

敏姐老公走在最前面,瞥了一眼路边,一颗颗野草莓,最先闯入他的眼眸。他摘下三两颗,递给我身后的敏姐。我感到出乎意料,这个季节,还有散落在山间的"瓢"(当地对野草莓的称呼)。看起来,是牵着夏姑娘的衣襟与我们见面的,此时的"瓢"已不堪忍受温度骤增,略显干涩,少了水分。但对于久居小楼里的我们而言,这是与众不同的风味,是心情,更是收获。

敏姐走在我身后,喊了一声:我也摘到"瓢"了!我听见,急忙回眸。奇怪,这颗"瓢"长得和她老公那会儿摘的大不相同。

我望着,望着,脑子里闪现小时候的那一幕——

几个伙伴,在百余亩的菜园集中片区的路上疯玩,有人发现水渠边长着绿叶红果,欣喜万分——好看又能尝鲜。等到摘下来,尝了一口,才发现口感如此不堪——渣多,略涩,汁液少。

女孩子们喜欢这红果子的颜色,便采了一些,拿回家打算观赏。第二天,便有小伙伴说,母亲告诉他们这是"鼻血豆",不敢吃,吃了流鼻血呢。

红似火,又如霞的果子,却带有一两分血腥味,让人觉得恐惧。我赶紧劝伙伴扔了它们。

几十年，一晃而过，而我对鼻血豆的恐惧却没有过去。见了它，一般只赏不吃。

随着年龄增长，阅历增多，知道鼻血豆还有一个形象、生动的名字——蛇莓。

说生动，那也是针对胆大的孩子而言，怕蛇的人，恐怕就不这样认为了。

蛇莓的藤，匍匐，如蛇；果子如草莓。细察，会发现，蛇莓形态娇美，虽说有些枝蔓，却很内敛。它不挑土壤，繁殖快。我对它不厌不喜。

直到某日，听一位医生朋友说，蛇莓可以治疗蛇伤。这一说，让我恍然大悟，才知我先前的看法太过肤浅。

生在凡尘间，必将落入俗套。蛇莓却独辟蹊径，让我对它刮目相看。幼时，因知道它叫"鼻血豆"而恐惧。参加工作多年，才明白它学名叫蛇莓。后来，又听说它还有独当一面的能力，这使我不由自主地对它肃然起敬。

一种不起眼的野草，结了果子，路人对它更多的是不屑一顾，似乎它来这个世界理所当然，又无所谓。人们注重的是地里、房前屋后、菜园中自己种植的花花草草、各色蔬菜，细致入微的照顾理应给这些"家养"的"孩子"。至于像蛇莓一样的果儿，则属于野生，兀自生存、生活、生长即可。路人只管埋头走，抑或是几个人同行时心无旁骛地聊天，一阵欢喜，一阵忧愁，目光就是不愿落在蛇莓身上。

然而，蛇莓从不在意这些，依然心向太阳，继续默默前行，遵循生长规律和秩序，花开花谢，叶绿又叶黄。

马将军与车前草

　　车前草，我是很多年前，在中药铺里知道此名的。

　　村里的陈伯，大高个儿，胖得很，一大把胡子，让我们小孩心生敬畏。陈伯擅长中医。一次，去他的药铺抓药，好奇他的中药柜，每个抽屉上都会在四个方向写上字。我不敢问，害怕陈伯那深邃的眼神和那一大把胡子。

　　我看着陈伯抓药，抽出一个抽屉，抓方格里的药材，之后又合上抽屉。反反复复。我偷偷瞟了几眼，每个抽屉有四格，各装一种中草药。忽然，我的目光落在了"车前子"几个字上。它是什么呢？

　　后来，我和伙伴们从下盛壕的菜地水渠边找猪草回来时，路过陈伯的药铺。他正好在自家药铺的房檐下晒东西，见我们几个过来了，一眼认出了我们手里的车前子，立刻叫我们过来，说：孩子们，把这些车前子给老伯吧。

　　我们想着，他要是把车前子拿走了，猪草篮子里会空一截，回去估计得挨骂了。几个小伙伴互望，谁也不敢率先答应。

　　陈伯大概看出了我们的心思，从阳台上掬起一把一把猪草，塞给我们。我仗着自己是村里的"小算盘"，心想陈伯不至于讨厌我，于是，斗胆问陈伯：这是什么啊？为何这么金贵？他笑笑回：傻女子，这是车前子，中药。

　　我们当中的一个伙伴见我说话了，胆儿也大了许多，说：这名真奇怪。这些草，明明是我们在水渠边找的，怎么跟车有关系？

陈伯捋了捋他那一把五六寸长的银须，开始给我们讲述关于车前草的故事。

六月，某天，西汉马武将军与匈奴交战，被敌军围困。当时，天闷热，无雨，士兵、马匹出现了尿血症，需要一种清热利尿的药。

马夫张勇发现分管的三匹马竟然在吃了一种野草后自愈了！于是，他仔细观察，发现马儿吃了附近的牛耳形的野草。随后，张勇将此草水煎，喝了三天，发现自己恢复了正常。因而，他大胆推广。后来，马武将军得知此事，命令全体士兵都服用这种野草水，士兵、马匹全部治好了尿血症。这些野草恰好就长在战车前的荒地里，索性就叫它"车前草"了。

陈伯说，夏天患急性或慢性细菌性痢疾的人居多，车前草鲜叶是这种病的克星。哦，原来如此，我们几个恍然大悟。不经意间，还做了一件好事，甭提心里有多高兴了。

我今天写这篇关于车前草的文章时，查阅资料，惊喜地发现，车前草与大禹、霍去病、苏轼等人也有渊源。

诗经《国风·周南·芣苢》中"采采芣苢，薄言采之。采采芣苢，薄言有之"的芣苢，指的就是车前草。

既然车前草能作为女子择偶标准的比喻，那它肯定既有实用价值，又有象征意义。采回车前草凉拌、炒制、做汤，均不错；从它不挑生存环境，不畏风雨、烈日来看，它具有坚韧、顽强的生命力，因此，女子自觉很有安全感。

我想，当年的马武将军也没料到，他命名的车前草，能继续给人们带来福祉。

貌不惊人的车前草，却有着如此宽广、敦实的胸怀，着实令人吃惊。

与苍耳相关的疼痛时光

生活在县城二十多年，很少去乡间山野信步走了。

一日，见到小区外的村子里，几个孩童你追我赶，不亦乐乎。突然，其中有一小姑娘，一边啜泣，一边嗔怒。我细听，原来是男童欺负她——把苍耳扔在她头发里面，她扯苍耳，结果把头发拔得生疼。

小姑娘手里拿着两只苍耳，上面明显有几根黑发，长长的。我看了，也生气。可又因他们是孩子，只能动之以情，晓之以理。

等到处理完男孩女孩之间的矛盾，我的思绪却跑到了自己十四五岁的少女时代，在铁路边的护坡上、菜园边的泡桐林玩苍耳的过往里。

乡下，村里的孩子通常没有午休的习惯，只要父母给点"发疯"的时间，那绝对是撒腿就跑，脚下生风，完全不顾房后护坡跟前的垃圾会不会挡住去路。

几个孩子，有自己的联络方法——或吹口哨，或一声唤，都在"老地方"集合。摘牵牛花，扯狗尾巴草，做成花束、花环，戴在头上；或者将顺手摘的花儿，别在发间，自恋起来。小欢喜，在心中荡漾着，一圈、一圈，不由得嘴角上扬。

男孩子似乎总是恶作剧的爱好者。不知谁使了眼色，打了手势，一拨苍耳如离弦之箭，朝女孩子飞来，落在女孩子的肩上、脚上，最厌烦的是，落在马尾辫上、麻花辫上，女孩子开始自己用手去摸头上的苍耳，去摘、去拽，可还是抵不过男孩子扔的速度。

女孩子当中也有汉子型的。把摘下来的苍耳撂在一片泡桐叶里，趁着男孩子不注意的时候，扔在他们后面的斜坡上，有人故意在男孩子前面扔苍耳，男孩子本能地往后退，一不留神，就坐在了苍耳堆上，扎得喊叫。女孩子捂嘴而笑。

那会儿，伙伴之间并不存在什么记恨，就是觉得头发拔得生疼。

疼，固然不好，但是疼，记忆才更深刻。

后来，我们都长成了大姑娘、大小伙子，工作，嫁人，娶妻。时间如白驹过隙，一晃我们都已过不惑之年，彼此见面的机会屈指可数。为了生存，四处漂泊，即使春节，也聚不齐。这也成了心中的痛。

有一种痛，可能就只能一直留在心里了。把布满苍耳的过去，捋了一遍又一遍，细嚼，很怀念。

前一阵子，听说有人已经抛下我，抛下伙伴，抛下这个世界的苍耳，早早地去了那边。这种扎心的痛，带着回忆里的苍耳，成了我一辈子的念想。

我心生抱怨：苍耳啊，你是纺锤状，为何不能发挥"锤"的击打作用，打击病魔？你身上细刺无数，为何不去痛扎，扎死病魔？

那年，有伙伴在逝者墓前，含泪撒了许多干苍耳。

谁也没料到，苍耳会染上悲哀——见了一眼，便铭记一生，怀念一生。但愿世间人无病，何惜架上药生尘！

牛筋草

虽说我从乡下到县城近三十年了，可人经历过的痕迹，永远无法抹去。反而，历久弥香。

俗话说，马无夜草不肥。牛也一样。父亲带着两个弟弟出去干农活、放牛。父亲教会弟弟们割草。

牛筋草，单听这名字，就知道与牛有关。牛爱吃这种草。

奇怪，牛，为何如此喜爱牛筋草？为求证，我曾揪了一节牛筋草，尝了一口，甜丝丝，汁多。

那个年代，人，吃得也很一般，瘦人居多。老人一见哪个小孩偏瘦，便会摸着娃娃的手，眼里满是殷切的期盼，说：娃啊，你啥时候能吃得跟牛一样哦！

要说养牛，父亲可算是老把式了。割草，必须挑选，割的高度大概是多少，怎样将草最大化地利用，如何给牛喂吃了长膘的草……

一到下午，父亲放牛回来。喝一杯水，接着就喊弟弟出来，帮他铡草，不长不短，十五六厘米，倒在木质牛槽里。如果是牛妈妈带着小牛，一定要给它们老小开小灶，补充营养——拌上玉米饲料。

作为农人，常年与农具、草打交道，是很正常的事。劳作过程中，不慎把手臂或者哪里弄破时，顺手拔一撮牛筋草，去掉根，拿石头把叶片捣烂，趁着新鲜，敷在伤处，有止血效果。

后来，父亲在猴石峪脚下，开垦了一些沙地，用以种植、养殖。鸡鸭成群，牛羊圈比邻，黑狗看家护院，房前果树、速生白杨成片，玉米、蔬菜、西瓜疯长；房后山崖上，花草摇曳……如此的田园生活，安逸、充实、快乐！

父亲会就地取材，怡然自乐。一日，他从鸡圈收回四颗鸡蛋，心里乐啊。回小屋的路上，看见了牛筋草，就拽了些，回家后，将它们切成小段，配上蒲公英，和鸡蛋煮在一起。煮熟后，父亲赞不绝口。

牛筋草，与我家、与父亲结缘很深、很久。

现在县城里要求提高居住环境，道路硬化，高楼林立，各种店铺和健身、休闲场所愈来愈多，水泥地代替了土地，土地仅在广场周边的绿篱里可见。牛筋草在县城里无立足之地，露面的机会接近零。

现在问我的孩子，包括绝大多数来自农村的学生，他们都不认识牛筋草。我的心头掠过一抹淡淡的哀愁和一丝丝无奈……

等一场雨落，看一次绿草生长，增加一分期许，多一种深情！回农村，看牛筋草，呼吸田园空气，脚步慢一些，和丢在身后的美好同行。甚至，有时可以让丢在身后的美好与灵魂赶上来！

有一种草，黏人

草，世上有万万千；孩子，世上也有千千万。小孩黏人，这是普遍现象。然而，说草黏人，未免有些危言耸听吧？其实，也不尽然。

我是从乡下走出来的丫头，十多年的日子，都在乡下度过。在草丛里捉迷藏，在山路上赛跑，在陌上与彩蝶同舞……这些过往，现在虽说回不去了，但在脑中永远抹不去——

母亲但凡让我出去找猪草，我就头疼。我手慢，伙伴们手快。他们常拉着我一起疯玩，说：先玩，再找猪草。我心里怕啊，可又拗不过他们，只好随了他们。

几个伙伴一玩起来，就忘了时间。穿在秋风里，穿在秋山里，穿在我们"咯咯咯"的笑声里，顾不了许多，只管尽兴。最后，只好扯一种叫作"麻割蔓（葎草）"的野草交差。藤蔓上的毛刺，如刀子，将我们的手臂、手背，甚至脸颊划出一道一道的红印子。疼啊，可我们只能忍着，趁着暮色赶紧回家。

回家，母亲一边倒竹篮里的草，一边责怪：娃啊，尽扯些这草回来，猪不好好吃啊，得多样草混在一起才好。我佯装没听见，趁母亲不注意，赶紧溜进厨房。

母亲他们通常会等我吃饭，大小碟子、碗，都扣在带有余热的柴火锅里。我端着碟子往小饭桌上走，和贪吃的大弟弟差点撞个满怀，他打了个趔趄，嘴里嘟囔：姐，你身上带刺啊，把我扎得疼。

刺？没有啊！我心虚地回了过去。

晚上，睡觉。全家人头枕在木头做的炕沿上，一溜儿，好有气势。母亲规定，大家都要把衣裤放在炕以外的凳子上。

次日，别人衣服跟着我"沾光"了。三四厘米长的小刺，牢牢地扎进布的纹理中，尤其是那种针织的衣服，就是它——"黏人草"，当地叫"鬼扎扎"。名字生动、形象。来时，神出鬼没，说是扎人，力道又能被接受，就是猝不及防，像护士扎指头验血。

母亲拿着我的裤子一抖，挽着的裤脚里"金屋藏娇"。不是娇儿，全是针刺儿。她指着坐在被子里等候衣服的我，说：疯丫头，就知道贪玩，你看，沾了这么多的鬼扎扎。母亲一边说着，一边给我摘针刺。

后来，我参加工作了。头些年，经常回乡下老家，帮父母干农活：割麦子、锄玉米、收秋菜……秋日，从山上的坡地干活回来，就有可能把黏人草带下山，摘不干净，又带回县城。

坐在凳子上，一根、一根地摘下那些黏人草。摘着，想着，忽觉自己很幸福。黏人草，果真黏人，从老家跟着我跑，从山上跟着我跑，跑到水泥房子，带着大山的质朴，带着草儿的温情，一路跟随我。

草，黏人；幼儿，黏人。时间易逝，草还是那种草，儿子还是我的儿子。只是，他早已有自己独立的空间，不再像小时候那么黏人。他上中学时，我们相隔几百里地，几十天才能见上一面。如今，他已漂洋过海，就更不会那么黏人了。我反而有些落寞。

人，往往在陪伴成了日常时，觉得厌烦；失去被人黏的机会后，又极度渴盼。

因而，在我的日常生活中，遇见一种黏人的草，是幸运，亦是幸福。挺好！

猫眼草

回到乡下，孩子回归了大自然，显得异常高兴。和村里的同龄人跑出去玩。他们身后有大人叮嘱：出去玩可以，千万别碰猫眼草。

猫眼草，听起来都很有动感，里面似乎还有几丝贵气。那么，大人为何不让孩子们接触呢？我心中立刻产生疑问。

我上初中时，出去找猪草，见过猫眼草。只是看母亲找的猪草里面没有它，在自己找的过程中，自然也就绕过了它。

那时，我问母亲，她说，那草有毒。几十年后，我又去查资料，也说有毒。

猫眼草，长得真如猫眼，很有艺术感。娇俏，玲珑，与众不同。猫眼，这些年成了女人的新宠。猫眼款眼镜、猫眼妆容、猫眼装饰……

养猫的人，亦莫名多了起来。一日，我问好友：你怎么喜欢上了猫啊？她说：喜欢猫的眼。多么直接，又多么不直接，令我想了许久。

我仔细观察，诸多品种的猫的眼，不尽相同，韵味万千。眼睛是心灵的窗户，猫，深情、挑衅、楚楚可怜、俏皮……全靠那双眼睛传递心中所想。

猫眼里的世界，像是丰富多彩的。大抵正因如此，人造猫眼石在市场上的占有率飙升。款式时尚，价格亲民，弥补了猫眼石被少数人专享的遗憾。

我网购了一款碧绿的人造猫眼石戒指，搭配绿衣服，颇喜欢。上次去港澳，我戴着它，同行的朋友劝我赶紧摘下来，免得惹麻烦。见我一脸茫然，她说：这么大一颗绿宝石，多不安全啊！我莞尔，接着低声告诉她，这是人造猫眼石。她不信。

说实在的，我对猫眼有些惧怕，总觉得跟幽灵一般。尤其到了晚上，无灯的话，更恐惧。这种恐惧，也许源于对猫眼草有毒的恐惧。

猫眼草掐断，流出如牛奶的汁液，却不能碰。外在的美，与内在的毒，怎么也不和谐，是吗？答案是否定的。以毒攻毒，也是一种和谐的方式。因而，完全可以发挥它的美丽。

现在农村土地缩减，猫眼草也不太常见了。如果偶尔见到了，不要因它有毒而远离它，也不要因外表华美而忽略了它的毒性。美丽的外表，我们慢慢地读；有毒的内在，我们细细地研究。

世界如万花筒，花草无数，人，也千姿百态。

相遇时欢喜，相处时用心。今生，遇到了，就善待，感性地看待，理智地选择，愿彼此温柔以待。

麻辣给人惊喜，甜食给人安慰。惊喜和安慰常常交替，与其纠结该何去何从，不如去白云下、风中、雨里赏花、看草。

卑微和高贵本是相对，花和草却相依。若努力，一株草，也会有花的模样。人的生命，亦是如此！

带着歌声的草

清晨起来，洗漱、扫地、抹桌子，这是我从娘家养成的习惯。

扫完地，处理笤帚上的头发最令人厌烦。我不喜欢给笤帚上套个塑料袋或者粘胶带后再扯掉，喜欢伴随着纱窗里透进来的晨风，听笤帚一下一下扫地的声音，那种柔柔的声音，轻抚着休息了一宿的心脏，格外亲切。

在乡下，清早起来用大扫把扫院子、小笤帚扫屋子，是必修课。若哪日我忙于别的事情，延迟扫地，父亲绝对一脸阴云，说：一屋不扫，何以扫天下？出身于地主家庭的他，说话一套一套的。我心想：我是姑娘，扫天下干吗？或许，在父亲心里，是把我当男孩子看的。

大扫把、小笤帚交替使用，大面积、小旮旯，无一遗漏，用家乡话说：干净得能晾凉粉。

我渐渐习惯了早上听那首清晨扫地歌，"哗啦""刺啦"，两种歌声交替，可长可短，全部看我心情，那种主宰清晨的感觉，惬意得难以形容。

那会儿，家里可吃的东西很少，所以父亲便在地头撒了些扫帚草种子。它，原本是兀自生长在野地里，无人照料，人们甚至都不会郑重其事地看它一眼。如今扫帚草摇身一变，成了扫帚菜。

母亲盼呀盼，扫帚草终于长到三四十厘米高了，绿得如春姑娘身上的衣衫，软而清新。母亲掐上一些，回来凉拌。我们姐弟三人像嗷嗷待哺的雏燕，眼巴巴地望着锅里的扫帚菜：它在热水中的颜色更深、更浓，样子更柔软。煮熟后，母亲配上素白蒜末、淡黄姜末、红辣椒面，泼上一点点热菜籽油,只听"刺啦"一声,那些香味猛地扑鼻而来,把我们心中的期待一下子催化。喉咙里的涎水,上下打滚,就等母亲说,开饭啦!

配上玉米糁吃起来,那真叫一个爽口。玉米香、蒜香、扫帚菜的清香,袭击鼻翼,紧跟而来的是味蕾的感受——滑润,细腻。

扫帚菜的香气令我上瘾。母亲说,它长的速度还赶不上我吃的速度。我莞尔,说,谁叫它太好吃了。母亲笑得合不拢嘴。

我还没吃上几顿扫帚菜,它就长高、长老了。父亲此时闪亮登场了,展示他的技能——割扫帚菜,晾干,扎笤帚。

一大抱干扫帚菜,在父亲手里,扎,理,缠,绕,打结。程序相当复杂,可于父亲而言,他正在完成一件艺术品,享受自己制作笤帚的过程和喜悦。

家里的笤帚,都是父亲的杰作。第一年还没用完,第二年又续上了。所以,父亲把富余的笤帚拿来卖,村里的"商品粮"户看到父亲制作的如此厚实的笤帚,心生爱怜,顺道买上一把回去。

有人跟父亲开玩笑,说:你扎的笤帚,一年都扫不坏,明年你卖给谁啊?父亲笑笑,依然按照原来扎笤帚的习惯,丝毫未减分量。但第二年,笤帚卖得还是那么快。

我在家里拿笤帚扫地,扫着,扫着,就扫成了大姑娘,上学,工作。单位在县城的那些年,我大清早路过新建路时,环卫工扫地的声音,让我内心又荡起了圈圈涟漪。后来,我专门用父亲拿扫帚菜扎的笤帚,很有手感,心里亦很暖。现在流行的塑料笤帚,总觉得少了质感,更少了父亲那熟悉的味道。

偶尔,在乡下谁家庭院见到一两株扫帚菜,我会全然忘记自己的年龄和身份,惊叫起来。

扫帚菜,一种带着生活气息的菜,一种带着情感的菜。从春到冬,一直用朴素的嗓子唱着那首多年不变的歌——"刺啦,刺啦"……

草木，亦是一场花事

人，是自然界的一部分，与世界相依相偎，没有一时抛弃过、背叛过。但当我们俯身细看这个世界时，会有万种感受，且各执一词。

殊不知，草木、花儿，和我们一样。它们最朴素、最自然，但同样有生命。回首，理智地审视自己身后的足迹，却发现，"人之初，性本善"离现在的自己愈来愈远，我甚至有点迷茫。

闲暇，不论四季里的哪日，伫立在草木、花儿前，与其对视许久。蓦然觉得，它们穿过汉唐，走过四季，经过风雨，朝朝暮暮，依旧保持一颗初心，将最原始的模样保留到今天，亘古不变的姿态如涓涓细流，不徐不疾，不紧不慢，淡定从容。

一场又一场的花事，无异于一段又一段绚烂的人生。

人生一世，草木一秋。体会、感悟颇丰，二者相较，既有关联，又有区别。

求同存异，才能找出差距，将波澜不惊的生活过成如草、如木、如花的样子，日子自然多了诗意，灵魂自有香气！

看！草木是否茂盛，花儿是否香飘万里，已不重要。它们兀自生长，一天一个样，那是不一样的精彩，是一种隐形的疯长。长着，长着，心情也舒畅许多。距离蓝天愈来愈近，伸手就能摸到天的自信，汹涌而来。

生活在被草木、花儿包裹的世界，看惯了"一岁一枯荣"，却懒得过问"春风吹又生"。倘若，我们不比它们强，可能不会念及它们的好，觉得它们俨然是在刁难我们，成了我们行走道路上的荆棘、"拦路虎"，怨声载道；反之，便充满了各种感恩。

我们虽不是草木、花儿，但若能学得它们的处世态度，将会拥有不一样的世界，久而久之，自会觉得世界对我们温柔以待。

人活一世，若不及草木、花儿，那便是一种悲哀。因此，将草木世界、花香岁月，流进四季，写进流年，日日便是人间四月天。

想想芬芳的四季，心里顿觉岁月有香，光阴明媚，生活温暖。细细回忆，我曾见过的文人雅士，不论性别，阳台、庭院里皆有草木、花儿，不分品种，不比花期，行走或站立在它们身旁，仿若置身于大自然中，闭眼、细闻，便能浮想联翩……

眼里的美好，只是一种浅表的美好。能唤醒沉淀在脑中、心里许久的美好，那才是一种对灵魂的救赎。接着，就会对世界产生无限依恋，对生活充满无限憧憬，一幅幅精妙的蓝图缓缓从心底流淌，流淌……

顷刻间，欣赏者的脸上便会洋溢一种简单而又深刻的欢喜，深刻到每个细胞都是欢喜的。看那上扬的嘴角，和挂着笑容的脸庞，便可知。

苏轼早已阐述了"变"与"不变"的关系，我们生活在二者中间，与草木、花儿结友，无须多言，于无声中学会许多，亦明白许多，包括做人的道理。

女子，与草木、花儿相伴，自会内敛、精致、典雅许多；男子，亦会刚强、坚忍、豁朗许多。拥有虚怀若谷的心胸，安心做事，用心待人，那么，不论是我们人类生存的大世界，还是家族、家庭的小世界，都会草木葳蕤，花香一片，沁人心脾，祥和如意！

艾草香

我和艾草相识，是很早以前的事了。乡下路边、山坡上的艾草随意生长，从叶到茎都浸染着灰白，香气霸道，在端午节前后更是独占鳌头。

艾草是药，也是香料。端午节，艾草定会爬上各家门楣和窗台，用它身上挥发性芳香油的浓烈气味驱走虫蚁蚊蝇，净化空气。正因如此，艾草成了许多住户手中的宝贝。

据说，端午节这天割回来的艾草最香，气味最浓，最重要的是能辟邪祈福。

多少年来，我都想亲自去割一些沾满晨露的艾草，去嗅闻山上一米来高的艾草散发出来的浓郁香气。可事不遂我愿，年年搁浅，心中满是无奈和遗憾。

今年按照惯例，我大清早坐公交车回古城娘家去给母亲帮忙炸糖糕、卖粽子，所以耽搁了割艾草。回到娘家时，见院子里已有一大捆艾草，站在楼梯扶手跟前，我心想：回县城时一定得带点回去，且不说补端午插艾草的仪式，但说端午节这天的艾草很香，我就该将这"宝贝"请回家。

一切按照我的想法实现了，我心满意足地拿着一把艾草回家，上楼，掏钥匙准备开门。忽然，令人感动的一幕闯入了我的眼眸，我的心立刻被融化了。身后的母亲也说：看你的邻居多好啊！是啊，我的邻居的确真的很不错，竟然给我家门上也别上了艾草，香气扑鼻，香气入心。

门上的春联，我只用胶带粘了几处，邻居大姐把艾草别在春联背后，还给我家门靠墙那边立了一把。看着这些，我心里的阵阵暖流，汹涌而出……

我是一个容易被感动的女子，或许大姐认为这只是她的小小善意，但我却不这么认为。如此珍贵的端午节艾草，如此珍稀的"宝贝"被送予了我，我怎会不温暖，怎会不感动？

大姐老两口原本在省城做生意，后来回县城享受"天然氧吧"，过一种最令我羡慕的田园生活，把阳台上的花花草草侍弄得异常好，和我单位同在一小镇的菜园也被他们打理得井井有条，保准能吃上鲜美的时令蔬菜。当然，他们也不愿意做时代的"淘汰者"，前一阵子学会了网购。一切都按照自己的意愿生活，这是多少人羡慕而不得的生活呀！

有一次我把医保卡掉在门口的楼梯上，自己浑然不觉，直到周末回家，大哥闻听我的高跟鞋声，急忙开门吆喝我，问我丢什么东西没。我还没发现，所以带着一脸茫然作答，最后他笑笑，转身从家里拿出医保卡来，递给我，且叮嘱我：以后干啥别那么慌张！

其实，我们原本不认识，就因缘分，住在隔壁，成了邻居，后来才得知他们是我学生的岳父母。通常我很少在家，周末才回去，那时才和他们聊聊天，我最喜欢观赏他们亲手栽植的花。邻居大哥见我如此喜欢君子兰，便送我一盆，我拿回家小心翼翼地管护着它。

就这样，我接受着邻居送的君子兰、艾草等心意。

我手捧艾草，想起民间的传说：唐朝末年，朝廷腐败，民不聊生，黄巢起义。黄巢的义军攻打中原地区，时值端午。当地官员放出风声：黄巢隔山摇刀，人头落地！动员民众逃离家园，是为"走黄巢"，以牵制义军不断扩大之势。一次，黄巢的谋士乔装打扮进入中原某村，见一妇人带着两个孩子逃难，身背大小孩，却让刚能下地行走的小小孩自己走。谋士见状，觉得蹊跷，便上前询问究竟，得知背上的大小孩是遗孤，地上行走的小小孩是亲生骨肉。谋士深受感动，便教妇人破黄巢之军追赶的法子：嫂嫂，你门上插艾草，表示你是忠义之人，黄巢军队就不会杀你。说完，黄衣谋士便离开了。妇人认为这是仙人指点，就依言行事，并告诉所有逃难之人给自家门上插上艾草。果然破了"黄巢隔山摇刀，人头落地"的传言，既为黄巢义军获得了民众支持，又让老百姓养成了积善积德的民风，从此，端午节门上插艾草的习俗就流传下来了。有些地方还配上菖蒲，一起插在门上。

我也是芸芸众生中的一个，我渴望做一个灵魂有香气的女子，像艾草一样，香自己，香有缘人，激浊扬清，让这个世界的角角落落盈满香气，让每一株草也散发出花的芳香。

如此，甚好！

想到这里，我打开门站在门外，再次做了几个深呼吸，贪婪地享受被艾草香包裹的空气和每分每秒……

草木深处，花香流年

人生或长或短，每个人皆是大自然里的一颗微粒。无外乎是以自己为圆心，走过长短不一的半径罢了。然，人生一世草木一秋的说法却从古到今一直被人津津乐道，重复千万遍，大致说出了人与草木一样，四季更迭，枯荣交替，又同属于大自然，于是，许多人以此慰藉那颗无奈而又略显寂寥的心。

草木都能绽放如花的精彩。即使是野草路边黄，也能在微风中摇曳，依旧风姿绰约，大有小家碧玉的气质在一颦一笑间流淌，不急不躁，轻缓柔和，给单调的无名草一些点缀，一抹亮色。

急躁当儿、伤心处、得意时，不妨立于草木跟前，静观，静思，自会静心悟道。静是前提，静里含有"争"。若弃之，方可安静下来；反之，则不然。

细察草木，不难发现，它们与世无争，兀自活着，活出了自己想要的样子——不求功名显赫、利禄丰厚，只想淡然处之。人，经过若干个春夏秋冬，也会猛然发现：开花与否并不重要，关键是心中要有花香。对，是那种沁人心脾、久久不肯散去的香气。

生长在苍穹下的草木，山涧、路旁、河畔、荒滩、崖边、田头……均有它们的身影，不挑剔，不抱怨，尽力活出最俊俏的模样，各种草木合奏出一首首人间颂歌，赞扬的是即便身处逆境也要努力向上的精神，传播的是即便经历磨难也要保持初心的正能量，连接的是即便面临死亡也要保留灵魂的高洁。

于是，各种花草树木便有了寓意，有了它们各自独特的语言。人们赋予它们的花语或象征意义恰恰又符合人们的主观愿望。一来二去，花草树木就成了挚友、恋人、爱人、亲人、长幼之间表情达意的佳品。在最佳的时候选对了花草树木，送给该送的人，这种传递情感的方式是恰到好处的，是为人为己加分的，是一种最合时宜，亦是最含蓄的表达方式。与花草树木为邻、为友的人愈来愈多，且是幸福的。

　　古人眼里，琴棋书画诗酒花茶是文人"八大雅事"。花，成了文人们较为雅致的追求，可见花的妙用。

　　花，在四季里常驻。"等闲识得东风面，万紫千红总是春。""接天莲叶无穷碧，映日荷花别样红。""不是花中偏爱菊，此花开尽更无花。""耐得人间雪与霜，百花头上尔先香。"文人墨客对花毫不吝啬笔墨，总能找到视角，写出自我感受，以求抒情达意之效。

　　历史的车轮一直滚动向前，时至今日，大多数人不能吟诗诵句，但能用不同的行为诠释对花的喜爱之情。

　　花，给人以赏心悦目之感，而草亦能绽放出如花的笑靥。即使如狗尾巴草，常被人忽略，乃至忘却，它依旧会让孩子们笑逐颜开。捋一把狗尾巴草，攥紧，放在耳旁，嘴里念叨几句，再展开手时，发现掌心里的狗尾巴草或腾空，或紧贴掌心，如蝶，如絮，素朴的美，浑然天成。

　　花与草是孪生姐妹，草和菜又相生相依，树和木自成一家，因此，树下，花草嬉戏，好生热闹，像极了父母张开如翼的双臂保护孩童，任凭他们在风中乐乐呵呵，在雨中生机勃勃，在雪中怒放生命……动静结合、色彩与季节融合的美，妙不可言！

　　美，可浅可深，可现可隐，可远可近，我们对美的体验多半来自个体的主观感受和生活体验，以及对呈现在眼前的美感的认同程度。

　　一个人只有在生活中保持对美的新鲜度、敏感度，才能看到、体会到美就在眼里、在心中。对四季更替的期望和欣喜，会由表及里地被草木渗透，这种享受难能可贵啊！

美，若深植于心，那可真是一件幸事。于人于己，皆能起到助推作用。无数个美的事物叠加起来，会带来不一样的喜悦，不一样的收获。我们如同随处可见的小草，平常无奇，却能保持用单纯心灵演绎生命里的精彩，即便以谦卑的姿态躬身，也能行走于世界的角角落落，铮铮铁骨依旧在，处处留绿，处处留香！

与花草树木一样，我们也行走在四季中。幸运的是，我们既是风景，又是看风景的人。身处何地，并不重要，在行走的过程中，我们却有着智慧的痕迹闪现——在草木深处嗅花香，在生命的历程中体验人间。

人的一生，或长或短，谁也难以逃脱"树高千丈，叶落归根"的宿命。虽说我们无法主宰生命的长度，但可以拓宽生命的宽度，亦可开凿其深度，探索人生真谛，把属于自己的每一天活成"草木深处，花香流年"里的每一个不可重复、不可多得的日子。

生于斯，长于斯，老于斯，歌于斯的地方，怎能轻易放弃？花草如此，树木亦是如此。

生前一口食，死后一抔土，是说大自然里最具思想又最具生存智慧的我们。可即使这般，我们也应在站立于天地间的时光里，努力以小草的地位，活出花香扑鼻的样子。人一生所求不过温暖和良人，以美温暖双眸和内心，自会吸引良人。融身心于散发香气的草木式的生活中，既接地气，又能豁达地与晨昏相伴，与四季更迭同步。

行走于风雨雷电、光影相撞里的草木，聚了四季的颜色，圆了四季的梦。

对，愿我们在这个世界中的每次遇见都深深烙上"草木深处，花香流年"几个字，愿温馨绵延，爱意浓浓！